ハヤカワ文庫SF

〈SF2291〉

宇宙英雄ローダン・シリーズ〈622〉

十戒の《マシン》船

ペーター・グリーゼ&クルト・マール

若松宣子訳

早川書房

8545

日本語版翻訳権独占
早　川　書　房

©2020 Hayakawa Publishing, Inc.

PERRY RHODAN
DIE MASCHINEN DES DEKALOGS
TRAUMWELT TERRA
by
Peter Griese
Kurt Mahr

Copyright ©1985 by
Pabel-Moewig Verlag KG

Translated by
Noriko Wakamatsu
First published 2020 in Japan by
HAYAKAWA PUBLISHING, INC.
This book is published in Japan by
arrangement with
PABEL-MOEWIG VERLAG KG
through JAPAN UNI AGENCY, INC., TOKYO.

目次

十戒の《マシン》船

十戒の《マシン》船

ペーター・グリーゼ

登場人物

ペリー・ローダン……………………銀河系船団の最高指揮官
タウレク…………………………………コスモクラート
ロナルド・テケナー………………ツナミ艦隊司令
ジェニファー・ティロン…………テケナーの妻
スリマヴォ（スリ）………………ヴィシュナの具象。通称スフィンクス
フェルマー・ロイド………………テレパス
ラス・ツバイ…………………………テレポーター
イルミナ・コチストワ……………メタバイオ変換能力者
グッキー…………………………………ネズミ＝ビーバー
フォロ・バアル………………………アンティ。惑星トラカラトの住民
パシシア（パス）…………………フォロ・バアルの娘
ドラ・ソン……………………………ハルト人。惑星ハルトの住民
13＝14＝カミュヴェル………技術エレメント。カテゴリー十四

1

「なんとか個人的に立ちよらせてもらったんです」ホログラム技師はいった。

「これ以上早いタイミングは無理でした。燃える壁が恐かったので」

　フォロ・バアルは、この男を落ちくぼんだ目で見つめた。かれはふた晩も寝ていない。息子のボネメスは姿を消し、パスという愛称の娘パシシアは数時間前から、きわめてようすが変だ。さて、自分はこの技師にどう接すればいいのだろう？

　銀河系からのニュースは、まさに文字どおり絶え間なくとどいている。かれはそれを見て聞いて、体験したかった。というのも、あらゆる情報のなかでもっとも重要なものが、かれとその家族自身に関わっているからだった。惑星トラカラトは無限アルマダの宇宙船数万隻にかこまれていて、最近の出来ごとでしめされているように、それは明らかにいい兆候ではなかった。

「なんの用だ？」かれは技師に、どなりつけるようにたずねた。

「わたしの名前はゲイです。あなたは二日前にわれわれの会社へ連絡なさいましたね。ホログラム・キューブが故障したが、こちらから送った修理ロボットに直してもらった、と。なにかがおかしい。われわれはロボットなど送っていません。つまり、商売がたきに出し抜かれたということ。わたしは上司から説明をもとめられているのです」

「よくわからん」フォロ・バアルは無愛想にいった。「ロボットは要請しなくともやってきた」

「そんなことはありえません」と、ゲイ。「機械を確認してもいいでしょうか？」

「放送を切らないのなら、かまわない」

アンティの技師は、フォロ・バアルの３Ｄヴィデオ・キューブの土台を開くと、なかを一瞥（いちべつ）しただけで声をあげて笑った。

「まったく、冗談がお好きですね。オリジナルの封は無傷です。この機械はまだまったく修理されていませんよ」

「そんなこと、いまはどうでもいいんだ」フォロは男をドアに押しやった。ちょうどそこから、かれの娘のパシシアが入ってくる。「さっさと行って、なにかほかのことにとりくめ！」

「そんなに都合よくはいきません」技師は文句をいった。「もうひとつ質問があります。

そのロボットは請求書を置いていきましたか?」

「もちろん、置いていかない」年長のアンティは憤慨した。「あれは保証内の修理だった。だから、オリジナルの封もあらためて交換されたんだ」

「ありえません」

「わたしにはどうでもいい。出ていってくれ!」

パシシアが困惑する技師の手をとり、玄関のドアまで導いた。フォロはまたシートにすわりこみ、3Dヴィデオ・キューブの映像に目をこらす。

「ひどい時代だ」パシシアがそばにすわると、かれはいった。「シャシュクロージャーをどやしつける者がだれもいない」

「サスクルージャー人よ」赤毛の少女が訂正する。

「なんだって?」

「この、沈黙しているアルマダ種族の名前よ」

「関係ないさ。わたしにとっては犯罪者だ。まず、火の玉でわれわれをいらだたせ、次に灼熱の輪をわれわれの町にめぐらした」

「そのあとは?」パシシアはなにか深い意味があるようにたずねた。

「まもなくわかるだろう。かれらはとんでもないことをたくらんでいるのだ。わたしはそう確信している」

「わたし、聞いたんだけど」と、少女。「太陽系で事件があったんですって。十戒の《マシン》船があらわれたの。それにくらべれば、ここで起きていることなんて、なんでもないわ」

「そうは思わないな。ともかく、いまはしずかにしていてくれ。トラカラトからあらたなニュースだ」

アナウンサーのようすからも、アンティの世界の大部分がいらだちにおおわれているのがはっきり感じられた。ほとんどの重要な都市の上空に、無限アルマダの艦船が群がっている。こうなるだろうということは予想されていた。しかし、乗員の異人がほとんど姿を見せず、トラカラトの住民と通信コンタクトもとらないのは、まったく奇異なことだった。

よりひどいのは、北半球の八都市で上空のサスクルージャー人がスタートしたという不可解な動きだった。火の玉の出撃でかなりの重傷者が出たし、ユトラクをとりかこむ奇妙なエネルギー壁はべつの町にも出現している。ただし、この妙な現象はまもなくおさまった。

「特別委員会が最近の動きを調査しました」アナウンサーが報告した。「アルマダ種族の行動は歓迎の儀式か、恐ろしい勘違いでしょう。しかし、いまは、すでに危険はなくなったようです。銀河系、とくに太陽系での出来ごとのせいで、われわれが直接、援助を得ることも不可能になっています。けれどもさらなる情報によると、この現象もまもなく収束しそうです。われわれの護衛艦隊があらたに編成されれば、その百隻の船とともにアルマダ部隊は太陽系に向かって出発します。そこに全アルマダが集結し、クロノフォシル・テラの活性化をめぐる現象を発生させるでしょう」

太陽系の標準映像が鮮明になり、ペリー・ローダンの顔も短くうつった。

「なにもかもまやかしよ！」パシシアが強くいった。「ローダンはまだ《バジス》で銀河イーストサイドにいるわ。いかにもテラにいるかのように見せているけど」

「驚くほど情報通だな」フォロは十六歳の娘の言葉に啞然とした。「しかも、ほとんどニュースなど見ないのに」

「ほかにも情報源はあるのよ」娘はいった。

「おまえの兄さんはどこにいる？　それも知っているか？」

「友だちのところ。心配することはないわ」

フォロはまた3Dヴィデオ・キューブのほうを向いた。

「つづいてハルタ星系から最初のニュースです」女アナウンサーがちいさな声で告げた。

「三十六のアルマダ部隊が五十万隻の宇宙船をひきいて到着したところです。わたしたちは……」

フォロ・バアルの家に震動がはしった。それと同時にアナウンサーが沈黙した。愕然としている。映像が消えていき、放送局のシンボルがあらわれた。

戸棚でグラスが音をたてる。花瓶がかたむき、床に落ちた。フォロの妻のミルタクスがあわてて部屋に駆けこんでくる。

「地震よ！　外に逃げて！」

フォロは一瞬、迷った。3Dヴィデオ・キューブからさらに情報が流れるのではないかと考えたのだ。しかし、すぐに立ちあがると、妻にしたがって外に出る。玄関口で、やはり動揺した息子のボネメスに会った。

「ここでいったい、なにが起きているの？」息子は大声でいった。

「外に出ろ！」フォロがドアからかれを押しだした。「地震だ」

「そんなわけない。トラカラトでは地震なんかないよ」ボネメスは反論したが、両親のあとについていった。

ユトラクの町を見おろす視界が開ける近くの丘の頂上まで登ったとき、パシシアがついてきていないことにみなは気づいた。家にのこっているにちがいない。

「ボネメス、パスを連れてきてくれ！」フォロはたのんだ。

息子は動かなかった。腕を伸ばして町をさししめしている。そこからは巨大な雲がたちのぼっていた。中心部のどこかで大きな爆発があったようだ。それを引き起こした犯人も明白だった。アルマダ艦船の一部から、黄色いエネルギー・ビームが軌道を描き、煙がたちのぼる場所にまっすぐ向かっている。

アンティたちは唖然として口をつぐんだ。

三名はユトラク郊外の家にもどった。パシシアは自室に閉じこもっている。両親は、彼女がじゃまされたくないと思っているのを知った。

二時間後、情報ネットの機能がもどった。そこで得た情報にとくに目新しいものはなく、フォロは失望した。アルマダ部隊の複数の船から黄色いビームが放射されたという。それがユトラクのある倉庫に集中して、そこで巨大な爆発を引き起こしたらしい。しかし、それ以上の説明はなかった。ただ、負傷者がほとんど出なかったことにフォロは驚いた。さらには、その倉庫が3Dヴィデオ・キューブを保管していたという点にも興味を引かれた。

自分のキューブはまだここにある。

ニュースは政府の公式声明で終了した。それによると、政府は全力をあげて事態を明らかにし、秩序をとりもどそうとしていて、そのためにペリー・ローダンに直接、相談したということだった。ローダンこそ責任者だと、みなが感じているのだ。今回の出来ごとによって、首席テラナーのイメージはかなり傷ついていたから。

住民たちはアルマダ種族のあらたな攻撃を緊張して待った。しかし、なにも起きないまま夜になった。

そのとき町の上に、多彩色の発光文字があらわれた。どこから出現したのかは不明だ。ほぼ二時間のこったあと、文字は消えた。それはこういう文章だった。

〝失せろ、アルマダ種族！〟

パシシア・バアルは窓からこの光の現象を楽しそうに見つめていた。

＊

どこかぼんやりしている。わたしはロナルド・テケナー。スマイラーと呼ばれ、細胞活性装置保持者で、ペリー・ローダンの活動においてはベテランだ。そのわたしの思考が、おかしなふうに堂々めぐりしている。

人類世界の門前に、十戒の一エレメントの集約した力が出現したのをわたしは知っていた。ちょうど、アケローンの警告者の恐怖ヴィジョンが、ネーサンのおろかな誤った実験にすぎなかったことを解明できたときだったので、この《マシン》のニュースにわたしは衝撃を受けた。

ジェニファー・ティロンが奇妙な目でこちらを見ている。スリマヴォもだ。

アトランの居場所を知っているのは、だれだ？　ペリーは知っているのか？

スリがまたこちらをじっと見ている。わけがわからない。だれもが、わたしが嘘をついているかのような態度だ。ひとつ認めるとすれば、わたしは警告者の背後になにかべつのものがあると推測していた。わたしは多くの者が考えるほど、成功することに慣れていない。わたしの顔にはラサト疱瘡(ほうそう)による醜悪なあばたがある。わたしは醜い。しかし、ジェニファーはわたしを愛していて、その証(あか)しをたびたび見せてくれる。

そう、わたしはもとUSOスペシャリスト大佐だ。当時、わたしの長髪はだれの目にも気にならなかった。

しかし、いまわたしはアニン・アンが気になる。エレメントの十戒の《マシン》船だ。わたしは宇宙心理学者と呼ばれている。これは認めなくてはならないところだが、当時はそんなこと、予想だにしていなかった。

十戒の《マシン》に対して、宇宙心理学者になにができるだろう？

この自問に、わたしは答えを用意できない。アトランと違って付帯脳を持たないから。わたしはかつて、新アインシュタイン帝国でアトランの代行をつとめた。かれとペリーはずっとはなれたところにいる。そして《マシン》は近くにいる。

とんでもなく近くに！

ヴィールス・インペリウムのリングが太陽系をつつみこんでいる。しかし、それは庇護のおいではない。ヴィールス・インペリウムには、ほとんどわれわれを助けられない。われわれには理解できないべつの目的を追っているのだ。異なる存在平面に属するのだから。

ヴィールス・インペリウムは五十光時はなれて、われわれの太陽系に絡みついている。五十光時だ。しかし、十戒の技術エレメントがわずか数光時の距離まで接近したなら、五十光時がなんになるというのか。まったく関係ない！

ジェニファー、愛している！

船団の速度は十分の一光速のはず。情報ではそうなっている。アニン・アンはいつここに着くのか？　そのときどんな行動に出るだろう？

この危険に対してなにかできることがあるだろうかと考えると、じつにひどい気分になる。わたしは《ツナミ》艦隊司令だ。それで充分だろうか？　けっしてそうではない！　ペリーは？　銀河イーストサイドのどこかにいる。まあいいさ、と、わたしは自分にいいきかせた。かれも万能薬ではない。

十戒の《マシン》がクリスマス前にここに到着するだろうということは、特別に算数の才能がなくても計算できる。

わたしはどこか混乱している。それを他者に対して認めることは許されないし、認めたくないが。わたしの思考はときどき混沌とする。まるで、脳のなかでなにかがおかしくなったかのように。おまけにスリだ！　数時間前までは、愛情をしめそうとするかのようにあれこれわたしの世話を焼いていたのに、いまはつねに数メートルの距離をたもった場所で、深いまなざしをこちらに向けている。不信感をいだかれているのではないだろうかという気がしてならない。

しかし、なぜだろう？　本来、わたしが警告者の問題を世界からかたづけたのを、みんな感謝するべきではないか。ところが感謝もなく、冷淡だ。ジェニファーまで。

「《ツナミ1》から《ツナミ20》まで出動準備」司令室に声が響きわたった。わたしは内心で身震いして、さまざまな思いの精神的な重荷を振りはらった。いまはスリマヴォの態度についてくよくよ悩むのにふさわしいときではない。行動しなくては。

巨大な《マシン》船が十二隻、まっすぐ軌道を進んでいる。その速度はつねに十分の一光速で変わらない。スクリーン上のようすが、わたしには権力の示威行動に感じられた。ゆらぐことのない力強さを表明しているようだ。

ひょっとすると、そのせいでわたしは混乱しているのかもしれない。

思いはまた、意図せずともスリにもどった。彼女は最終的には、わたしの感情を理解しようとするだろうか？　彼女が嘘を見抜けることはわかっている。しかし、わたしにはかくすものはない。

スリの視線をとらえようとすると、彼女はわきを向いて目をそらした。奇妙にもそのおかげでわたしの脳は圧力から解放され、また明晰な思考力をとりもどした。

いまの問題はただひとつ、十戒の《マシン》船だ。われわれは《マシン三》でこの技術の粋について知った。そして《マシン十二》は一年半前、ヴリジジン星系で爆発した。

レジナルド・ブル、タウレク、ヴィシュナ、さらにエルンスト・エラートが巻きこまれたあの事件のおかげで、《マシン》の基本構造、さらにアニン・アン種族について多くが明らかになった。欠けた部分は、のちにスタリオン・ダヴが補足した。データは《ツナミ2》の艦載ポジトロニクスでいつでも引きだせる。

わたしは端末のところに行き、既知の事実を表示させた。同時に太陽系のあらゆる宙域から入るニュースを追う。大警報により、あちこちでパニックが起きていた。アニン・アンの宇宙船十二隻は強大だ。もっとも小型の船でさえ全長が五十五キロメートル、最大の船はその五倍の大きさがある。

スクリーン上の情報を読む。

アニン・アンの出自についてはわかっていない。元来は通常の有機体種族にちがいないが、発展段階で技術を完全に誤った方向に使い、そこで完璧なレベルに到達した。そのレベルは人類が獲得した成果を凌駕(りょうが)するだけでなく、あらゆる点において不自然だった。それが高じて、かれらは自分たちの肉体をサイボーグにしてしまったのだ。アニン・アンの技師や科学者は……さらに、公式な立場ではない多様な職種の者たちも……いまでは例外なく、技術の調和だけがなしえる半ロボット生物だ。芸術、詩、自然といった概念はかれらの語彙からは消え失せていた。

アニン・アンにはカテゴリーと呼ばれる十七の型がある。名前の前につく数字が、カテゴリーとそのなかでの地位をしめすのだ。重要度の低いアニン・アンほど、その姿も原始的だった。痩せて身長が八十センチメートルしかないサイボーグもいれば、私用グライダーほどもありそうな無骨な者もいる。肉体を操る技術においてアニン・アンはきわめてすぐれていて、反重力フィールドでの移動や操作はお手のものだった。

カッツェンカットやエレメントの支配者が望めば、アニン・アンはさらに《マシン》を製造できる状態だという点に疑いはない。一方、この十二隻の巨大船だけで、わたしは充分、身震いしていた。

「かれらに向かって飛んでいくぞ」わたしは決断した。「あの悪魔の《マシン》を近くで見てみたい」

2

二名はずいぶん長いあいだ、ともに生きてきて、すでにどれだけいっしょにいるのか数えられなくなっていた。平凡や退屈というのは、二名にとってはまったく無意味だ。夢をみたり、たがいに話し合ったりすることが、本当にたいせつなのだから。

ほかのヒーザーたちはかれらのひかえめさや、ときにはひどく放心状態になるところも、尊重していた。それは、はるか遠い記憶の時代から、ほんものの故郷を持たないまま生きてこざるをえなかった種族にとって、特別なことではない。だれもが、自身にとって心地いい欲求にひたっている。

カミュ・ヴリーンとバイラ・ホニムはこの点において、ほかのヒーザーと変わらなかった。

宇宙船の操縦に関する知識を、かれらは持ち合わせていない。それについてまったく知ろうとしなかったのだ。高度に技術的な問題とのとりくみは、平和的な心情にまったく合わない。賢い種族は、必要な作業をたがいに分け合うものだ。ヒーザー種族はそれを実行していた。

カミュ・ヴリーンはかつて、べつのラッパ形宇宙船にあるマイクロ精密機械工学ラボで働いていたが、いまは歳をとりすぎた。もっと若い者たちがうしろから追いあげてきたので、老ヒーザーは生涯の伴侶であるバイラと趣味に専念するため、自分の席をよろこんで明けわたしたのだった。

「あなたがいちばん最近つくった曲には、わたしは拍手できないわ」バイラ・ホニムは長い鼻を、鍋からカミュ・ヴリーンの作業プレートへとまわした。彼女は音楽に関するものすべてを好む。かすかにしか音楽の息吹を感じられないものさえ好きだ。そのためか、彼女のやわらかく旋律的な声は、非難の言葉を発しているようには聞こえない。

カミュはやさしく答えた。

「わたしも音楽はすべて好きだが」と、辛抱強く話す。「わたしは作曲家ではない。われわれの種族には、心でなにか作曲できるような者はいないのだ」

さまざまな目的に使われる鼻が、作業プレートの上をかすめる。長い鼻の先にたくさんある繊細な触角が無数の部品のひとつをつまみ、おや指の爪にも満たない大きさの物体を高く持ちあげた。

「これが音楽をつくるのだよ、おまえ」

「わかっているわ、あなた」ごろごろと音をたてるように妻は答えた。「でも、あなたがこのマイクロ機器を組み立ててプログラミングするのでしょう」

「なにが生まれるか、前もってわからないままだがな」カミュがやさしく訂正する。

バイラはまた鍋のほうを向いた。彼女は音楽的なものすべてを愛するだけでなく、既成品からあらたな食事を用意したり、えりぬきの香辛料で風味をつけたりすることにも格別のよろこびを感じている。カミュが自身のたどたどしく未完成な合成曲で彼女を楽しませるように、夫が好む食事をととのえてかれの面倒をみた。

ヒーザーは無限アルマダの数多の種族のひとつだ。かれらのアルマダ第六二三五部隊は古くから存在し、過去は多くの謎につつまれている。

かつては特定の任務を引き受けていたようだが、それについてはすでに司令官でさえ、もはやおぼえていない。ヒーザー種族は不格好で無骨な外見にもかかわらず、マイクロ機器の製作に長けていた。たくさんの繊細な触角が先端についた、唯一の多目的器官である長い鼻を、精密機器のように巧みに動かせる。さらに、それぞれ独立して対象を見られる二対の目は、並はずれた解像度を持っていた。脳はこれらふたつの空間的映像から超空間パターンのようなものをかたちづくることが可能で、それは繊細な作業にはきわめて有効だった。さらにこの二対の目により、一物体に対する作業をふたつの角度から同時に進め、もっとも繊細な部品でさえ正確に組み立てることができた。

「どちらが先に完成するか知りたいわね」バイラは茶目っ気をこめていった。「あなたの新しい曲か、〝オルドバンの夢〟と名づけたわたしの新メニューか」

「オルドバンの夢？」カミュは片方の対の目で見あげた。もう片方は、鼻の触角がきわめてちいさいプログラミング部品を共鳴体に配置するのを見つめている。「なぜ、そんな名前に？　なにか子供のころを思いだす名前だ」

「わたしもよ、あなた。ときどきこみあげる憧憬のような感覚と関係があるにちがいないわ。ひょっとするとわたしたち、これまであまりにも外の出来ごとにかまわなかったのかもしれないわね」

「故郷を探していることがわかっているだけで、わたしには充分だよ。アルマダ種族に関わるほかのことはすべて、どうでもいい。われわれヒーザーはどうやらおはらい箱だ。アルマダの政治において、もはや居場所はないのだよ」

ふたりのからだは無毛でのっぺりしている。粉をこねて表面を成形した塊りに四本の脚を貼りつけたようだ。ちいさな穴だらけの皮膚は、汚れたような白から黄色、褐色の色調まで、考えられるかぎりあらゆる微妙な色彩をふくんでいる。四本脚には不格好な足がついていた。ひとつ特徴的なのは、一メートルの長さがある鼻だ。頸のない頭部から伸びていて、その長さは身長の半分よりも数十センチメートルほど長い。二対の目はそれぞれ、鼻の左右についている。

「本来、わたしたちはとっくに無限アルマダをはなれているべきだったのよ」バイラはさらに考えこみながら話しつづけ、力強く〝オルドバンの夢〟をかきまぜた。カミュは小型機器の最後の作業を終わらせると、鼻でにおいをかいだ。鼻の先端には、職人わざのような繊細な作業を実行する触角があるだけではない。嗅覚・聴覚器官もこのちいさなくぼみのなかにある。

「われわれはすでにアルマダをはなれた」かれはいった。「すくなくとも一時的にはな。トツーがわたしに話してくれた。われわれ、ある星系に向かっているのだ」

「わたしたちの故郷に？」バイラは急に興味を引かれたようだった。

「あるいは」ヒーザーの声にはかすかな希望の響きがふくまれていた。「そうだったらいいとわたしは望んでいる。いつか、われわれの永遠の夢はかなうにちがいない。トツーはいった、アルマダ王子ナコールがメンタル保管庫を通じて連絡してきたと。このコンタクトで、帰郷というわれわれの永遠の夢がまた呼び起こされた」

「わたしはなにも感じないわ」バイラ・ホニムが反論した。「いったい、メンタル保管庫ってなんなの？　そこで香辛料でも手に入るの？　またいくつか新しいレシピが思い浮かんだんだけど、まともな香辛料がないのよ。その料理の名前はもう考えてあるの。〝ナコールの歌〟というのよ」

「ナコールの歌か！」カミュ・ヴリーンは大きな声で笑い、二対の白目をむきだした。「いいかい、おまえ。メンタル保管庫は思考の集積場なんだ。アルマダ王子の記憶装置のようなもので、コミュニケーション・システムでもある」

「わからないわ」

「わかる必要もないんだ。とにかく、おまえの料理の腕があれば、なんの問題もない。ナコール王子が歌い終えたのか、これから歌うのかという点は、わたしも疑問だがな」

「わたしをからかっているのね！」彼女は夫をとがめた。

カミュは答えを避けた。触角の一本で、完成させたばかりの小型機器のほとんど目に見えない接触点に触れる。バイラはそっと上からのぞきこみ、鼻を動かし、美しい音楽をわずかにでも聞き逃さないようにかまえた。

まれにしかないような美しいハーモニーが響き、つづいて、音のトーンが上昇していく。バイラの鼻は気持ちのいいリズムに合わせて揺れ動いた。

メロディはほんのわずかな呼吸のあいだだけつづくと、いきなりやんだ。カミュは啞然として、小型機器を見つめた。すると、機器は脈絡のない一連の音を吐きだし、バイラは思わずうめき声をもらした。最後はちいさい爆発だった。カミュ・ヴリーンのすばらしい機器は、かれのはじめての合成曲を最後まで披露する前に壊れてしまった。

「残念だったわね」妻は、心をこめていった。

彼女は料理を忘れて、カミュのほうに急いだ。なぐさめるように、老いたヒーザーに鼻を巻きつける。

か考えられるわ」

「想像してみて」彼女は夫の気をそらすようにいった。「いまのが〝オルドバンの夢〟に起きていたら！　さ、ちょっと食べてみましょう。そうしたら、なにが失敗だったのか考えられるわ」

「失敗だと！」カミュのはげしい鼻息で、まだ燃えていた壊れたジェネレーターの一部がテーブルから吹き飛んだ。「失敗などするわけないんだ。そこはひどく気をつけていたのだから」

バイラが料理にもどったとき、ドアブザーが鳴りひびいた。ヒーザー二名は驚いて顔を見合わせる。客がくることなど、はるか以前からなくなっていた。バイラが住居ブロックを出るのは買い物に行くときだけで、カミュが数名の古い知り合いに会うこともめったにない。だれかがやってくることは、ほとんど奇蹟といってもいい出来ごとだった。

カミュ・ヴリーンがドアを開くと、そこには見知らぬ若い一ヒーザーがいた。

「わたしはオムタル・ツウェイです」客は軽くおじぎをした。「《プリセ》の連絡要員をしておりますが、ご存じかもしれませんね。ところで、入ってもいいでしょうか？」

「もちろんよ、オムタル」バイラは招き入れるように鼻を振った。「食事ができあがったところなの。いっしょにいかが？　〝オルドバンの夢〟というのよ」

連絡要員が数歩前に出ると、ドアがまた閉まった。

「お招きに感謝します」またかれは不格好な頭を前にさげた。「ですが、食事にきたわけではないのです」

「では、夫のカミュが昔つくったメロディをすこし聞かせるわ。マイクロポジトロニクスの部品からつくられたものにすぎないけれど、きっと気にいるわよ」

オムタル・ツウェイは鼻を巻いて、また伸ばした。若干困っているときの典型的なしぐさだ。

「残念ながら、いまは音楽を享受するわけにはいかないのでして」いくらか仰々しい調子で答える。「ですが、用事がかたづけば、ぜひまたうかがいたいものです」

「用事？」バイラとカミュは異口同音にいった。ふたりでいくらか視線をかわす。それで連絡要員はさらに不安を感じたようだ。

「《プリセ》ってなんなの？」バイラが不審そうにたずねた。「それに連絡要員って？」

「《プリセ》はわれわれがいるこの宇宙船です」若いヒーザーが説明する。「そして連絡要員とは、別世界とのコンタクトのために乗船している者です。われわれのアルマダ第六二三五部隊が、ある星系に向かって飛行していることはお聞きになったでしょう。べつの部隊もつづいていますが、われわれの船がナコールによって指揮船として選出されたのです」

「つまり、故郷に向かって飛んでいるのね」バイラが歓声をあげた。「なんてすばらしいの」

「すこし違います」オムタルはなだめるようにいった。「しかし、正確にというと、わたしにもわかりませんが」

「きみがここにきた理由は？」カミュ・ヴリーンが単刀直入に重要な点を突いた。

「船の指導部が、わたしを一時的に連絡要員からはずしたのです」オムタル・ツウェイは答えた。「もちろん、わたしも同意しました。きたる遭遇に対して、わたしはあまりに未熟で経験不足なので。指導部は、熟練のヒーザー二名にわたしの役割を引き継いでほしいと願っています。なにが待ち受けているかわからないからです」

「そしてあなたは自分の境遇を嘆くために、ここにきたのね」バイラが推測した。「わかるわ。歓迎するわよ、オムタル。どこでもおちつける場所にすわって、心の内をぶちまけなさい」

「完全に誤解なさっています」オムタルの鼻がまた巻かれて伸びた。「われわれの部隊の幹部は、主ポジトロニクスを使って結論を出したのです。あなたがたこそ、未知者たちと遭遇するさいの連絡要員としてふさわしいと」

バイラは言葉もなく立ちつくした。〝オルドバンの夢〟が鍋の縁からゆっくりあふれて、かまどプレートに流れ落ちているのも気づかなかった。

＊

１３＝１４＝カミュヴェルは構造に欠陥がある。だが、ほかの者たちはそれを知らない。自身は、それを感じとられないようにきわめて用心していた。かれは十四というカテゴリーがしめすとおり、完全に実用向きのアニン・アンだ。欠陥というのはほかでもない、《マシン》で休息を命じられているのに、それを守る気がないこと。実際に守っていなかった。

ほかの技術エレメントは厳格に規則を守り、ほとんど例外なくセンサーを停止している。かれらは全員、ひそかに準備しているのだ。からだの技術が調和し、より高度な存在レベルへの移行が実現する瞬間に向けて。

中立的な立場から見ると、１３＝１４＝カミュヴェルは〝悪童〟だ。はじめから任務をまったく理解しておらず、その結果、今回の使命に興味も感じていないのだから。

自身が下位カテゴリーに属するのは知っていたが、それで憂鬱《ゆううつ》になることはない。ほかの技術エレメントよりも意識が発達していると思っていたからだ。さらに、技術的に有能で、有名な１＝１＝ナノルにも劣らないほど完成した構造だと自負していた。

《マシン》内は、全体が休息に入っている。そこで、１３＝１４＝カミュヴェルはふたたび興味を引かれるシュプールを探しはじめた。かれは嘘をついていたが、ほかのアニン・アンはそれに気づいていなかった。かれの地位からすると実際は２２０６３８なのに、それより高位の１３を名乗っていたから。１３＝１４＝ゾクシーが破壊されたさい、偶然に唯一の目撃者だったのだ。技術エレメントはカッツェンカットによって使命をあたえられてから、名前のようなあまり重要ではないことがらにかまわなくなっている。より高度な調和状態への移行に、だれもが囚われていた。《マシン》のぼんやりした照明しかない通廊を、13＝14＝カミュヴェルはうろついていた。ほとんどのホールや格納庫は開いていて、休息する仲間たちのすっかりおなじみの単調な光景がひろがる。おろか者たち！　高度モデルの熟練技術エレメントが、どうしてこのようなばかげた行為にふけっていられるのだろうか。

13＝14＝カミュヴェルは、テラのバスタブを逆さにしたような姿をしていた。金属外殻は光沢のないグレイで、化学反応で起きた無数の隆起におおわれている。かつて、新しい酸の組み合わせを自身のボディでためす仕事がもっとも好きだったのだ。深刻な障害を受けるまで、恐れなど知らなかった。自分はほとんど不滅だと思っていたから。

ボディの表面には、さまざまなセンサーや工具が不規則についている。数本の作業アームを伸ばしたり、調査する液体を受ける漏斗を形成したり、化学的に危険な物質でさえうまく噴霧することができた。内部にはいくつものタンクがあり、百以上の多様な化合物が貯蔵されている。

たりない物質は、ふたつのマイクロ・ラボを使ってすばやく作成し、使用できた。化学とそれに付随するすべてが、はるか以前からかれの生き甲斐だった。不確実な状況のせいで瞬間的に生じる好奇心も、ほとんど変わっていない。

アニン・アンは自身がかつて21＝2＝プオルタクのもと、巨大ラボで働いていたことを思いだした。反重力クッションで《マシン》内を浮遊しながら、かれは自身のボディの状態を調べた。

ふたつのポジトロン脳は問題なく作動している。ただし、いま動いているのは、そのごく一部だ。単純な操縦は13＝14＝カミュヴェルの元来の脳でも容易に実行できるからだ。

かれは複数の目標を同時に追っていた。ひとつはかつてのラボを発見し、そこで自分が仲間と異なる理由を突きとめること。また、4123＝14＝オイスに出会いたいとも願っている。同じカテゴリー十四に属するオイスは、いつもいい話し相手だった。さらには、情報も必要だ。使命の意味が理解できないだけでなく、完全に忘れてしまっているから。

慎重に実行しなくてはならない。いまも船内の秩序を純粋なロボット装置が警備しているはず。疑わしいと気づかれて、1＝1＝ナノルに報告されれば、最高位の技術エレメントに自分は躊躇（ちゅうちょ）なく消去されるだろう。

かれはもうしばらく存在していたかった。より高度な技術的調和への移行など、なにも知りたくない。これはひょっとすると、自身が欠陥品だという決定的な点かもしれない。永遠に探究し実験をつづけるかれの精神は、説明をもとめていた。《マシン》の、だれもいない副司令室に出る。ここもアニン・アンたちと同じく……もちろんかれ自身はべつとしてだが……全システムが作動していなかった。

ここにある機器ではたいしたことはできない。知らない機器ばかりだ。しかし、ポジトロン脳ふたつの記憶バンクを探ると、すくなくとも一部は作動させられそうだとわかった。

全体の監視システムのスイッチを入れて、自身のロボット・ゾンデの目で、提示されているデータを確認。本当に未知の一星系に接近しているとわかり、唖然とする。さらに驚いたのは、技術エレメントの編隊が総勢十二隻の《マシン》で構成されていて、それが例外なく防御バリアを張らないまま、わずか十分の一光速という速度で進んでいるのが判明したことだった。

すべて無意味だ。13＝14＝カミュヴェルのなかでまた、アニン・アンがまったく意味のない恐ろしい実験の犠牲になっているという疑念が深まった。

時間をかけて苦労したあげく、通信傍受システムの作動にも成功。ここであらためて驚くことになった。《マシン》のすべての通常周波とハイパー周波が完全に沈黙していたのだ。最後には送信機を動かそうとしたが、それは不可能だと知らせる記号が該当スクリーンに光った。これ以上ためせば処罰されると思い、金属の指を機器からはなした。

すべてのスイッチをまた切って、捜索をつづける。補充品用の一倉庫でようやく、かつての話し相手４１２３＝１４＝オイスを発見した。円錐形のボディが床でじっとしていて、話しかけたが反応しない。鋼のアームを打ちつけても、オイスは動かなかった。

１３＝１４＝カミュヴェルに良心の呵責（かしゃく）はない。オイスやほかのアニン・アンを解体しても平気だ。いまはただ、同族になにがあったのか知りたかった。

Ｙｚｋ酸の細い噴射が４１２３＝１４＝オイスのボディを腐食し、コンタクト・スイッチのポジトロン脳が見えるようになった。自身のポジトロニクスのひとつをそこにつなぎ、現在のデータ記録を読みとる。そこにふくまれた一連の情報インパルスは、かれの生体脳には不明瞭だった。これをさらにもうひとつのポジトロン脳につなぐ。こちらで解釈できるといいのだが。

同時にＹｚｋ酸を噴射して、オイスのボディをさらに解体する。交換が容易な部品だけを溶かすように気をつけたが、何度も失敗した。とうとう、４１２３＝１４＝オイスののこった脳を保護しているカバーを発見。

不注意で酸がカバーをいくらか強くかすめてしまい、ちいさな穴があいた。その瞬間、真空に空気が流れこむような音がした。

１３＝１４＝カミュヴェルは驚いた。

鋭敏な視覚センサーをこの穴にさしいれ、愕然としてそれをもどす。

これが同族たちの不審な行動の原因だったのだ!

オイスの本来の脳があるべきところに、空洞が口を開けていた。脳が消えている!

13=14=カミュヴェルはもはや、ほかのアニン・アンも同じようなぞっとする運命を迎えたことを疑わなかった。この事実の意味するところはわからない。かれのふたつめのポジトロン脳の、複雑怪奇なデータ解釈もまったく役にたたなかった。

しずかなかたすみにさがり、すべてを徹底的に考えはじめた。サイボーグの生体脳からあふれた衝撃が、金属の四肢にのこっていた。

3

ドラ・ソンの通常脳は、数日前から心に生じている不安の意味をよくわかっていた。前回の衝動洗濯からずいぶん時間がたっている。

奇妙な衝動に命じられても、未知世界に出かけていくことはない。かれは惑星ハルトにある家に、ハルト人種族の通例で、ひとりで住んでいた。そのすべての階を自身のイメージでととのえ、規則的にやってくる衝動洗濯をそこで実行できるようにしている。

高さほぼ百メートルの巨大な建物のその部分を、かれは〝宿所〟と名づけていた。そこに入ったらすべての出入口が完全に封鎖され、ハルト日で十八日後にようやく開くのだ。ドラ・ソンの場合、経験上、この衝動洗濯が十五日以上つづくことはなかったが、のこりの三日は安全を考えて組み入れている。

ハルト人の大きな体軀(たいく)がこの〝宿所〟のすぐ上の階にある寝椅子に横たわっていた。ソンは衝動洗濯が迫っているのを感じ、まさに切望していた。しかし、きわめて複雑なかれの組織体に関係したなんらかの理由で、今回は前段階がいつもよりも長くつづいている。不安で神経が消耗したが、待機するしか方法はなかった。

精神的に爆発しそうな兆候が明白にあらわれたら、部屋の自動システムにより、かれは急速に〝宿所〟に運ばれる。

ハルト人の輝く目がおちつきなくさまよった。隆々とした筋肉が痙攣(けいれん)し、からだ全体が文字どおり爆発しそうだ。ちょうどこのとき、インターカムが歌うような音を響かせた。ドラ・ソンは不機嫌になる感情をおさえ、通信システムのスイッチを入れた。年老いたヴェスター・ブロックの半球形の頭があらわれる。

ハルト人の礼儀正しさは有名だが、ドラ・ソンは挨拶しなかった。たんに、自身の状態から挨拶できなかったのだ。

「考えられるかぎり、会話するにはまずい瞬間を選んでくれたな、ブロッコス」声がとどろく。「ちょうど〝宿所〟に入ろうとしているのだ。どういう意味かは、知っているだろう」

「よくわかっている、ソノス」ヴェスター・ブロックは冷静に答えた。「状況が違えば、こうして連絡しなかっただろう。われわれにはきみが必要なのだ」

「われわれ?」この短い問いかえしは、個人主義的な生き方をするハルト人の典型的な表現だった。

「われわれ全員だ、ソノス。未知宇宙船が五十万隻、ハルタ星系に接近している」

ドラ・ソンは不機嫌にうなり声を発した。

「五十万隻の船だと、ブロック？　いまは冗談につきあっているひまはないんだ」

「冗談ではない。〝宿所〟ですごすために引きこもっていて、最近の出来ごとを追っていないのだろう。ペリー・ローダンひきいる無限アルマダが銀河系に到達し、数十億もの巨大な艦隊が分散しはじめた。そのうち、複数のアルマダ部隊からなる一編隊は、ペリー・ローダンの生涯でかつて重要な意味を持っていた太陽系に向かった。このような編隊のひとつが三十六のアルマダ部隊で構成され、五十万隻の宇宙船でハルトに接近している。これによって銀河系でどんな騒乱が起きてもわれわれには関係ないが、ハルトでは平安を守りたい。わかるだろう、ソノス？」

「もちろんだ」ドラ・ソンは相手が真剣に話していると悟った。「そんなばか騒ぎがなんの役にたつというのだ？　来訪者たちにはなにか悪だくみがあるのか？」

「正確な関係はわからない」ヴェスター・ブロックは待っていたように答えた。「ローダンの策略はわれわれにはどうでもいいことだ。われわれは自分たちの独立を重んじていて、それはなにも変えられないだろう。無限アルマダの存在が特定の機能を発揮するのは、テラナーに対してのはだ。今回の現象はクロノフォシルの活性化と呼ばれている。これはわれわれに関係ないが、気にいらない。そのため、異人に対抗処置をすることに決定した。かれらは、旅の目的地にほかを選ぶべきなのだ」

「かれらを敗走させよう！」ドラ・ソンは興奮して、ふた組の手をたたいた。衝動洗濯がはじまる最初の兆候が、このはげしい反応から見てとれる。「では、わたしはまったく適役というわけだ。いま〝宿所〟で暴れようと、無礼な侵入者たちのなかで暴れようと、たいした変わりはない。そういいたいのだな、ブロッコス？」

「まさしく！」

ドラ・ソンはまた手を打ち合わせ、冷たい水の入った水槽に飛びこんだ。はげしく息をはずませながら水から姿をあらわすと、年老いたブロックに向かって大きく笑った。

「準備はできている！　ほかに参加する者は？」

「われわれの船百隻で充分だと思う。きみが部隊の指揮をとってくれ。野蛮な暴力やエネルギー兵器は使うべきではないが、われわれの宙域に侵入できないようにするには、そういった衝撃をくわえてあの者たちを追いはらうことも必要だろう。わかったか？」

すでにドラ・ソンは部屋を急いで横切り、棚から赤い戦闘服を引きだしている。

「北極上空に集合だ」と、ヴェスター・ブロックに呼びかけた。「今後のことはまかせてくれ！」

すこし平たい漆黒の自身の球型船に向かいながら、接近している部隊の詳細について情報を得る。予定している百隻のハルト船に対して、相手の部隊のほうが数的にきわめて優位だが、ドラ・ソンは動揺しなかった。自身の船の戦闘力をよく知っているから。

かれの《夜の調べ》は、スタート準備ができていた。

司令室で、アルマダ部隊の最新映像を確認する。宇宙船の数は実際、圧倒的だった。部隊は光速よりも遅い速度で飛んでいたが、恒星ハルタからわずか数光時のところにいて、すでにタブーとされる領域に侵入している。

この部隊に先立って、同じタイプの二万五千隻からなる一船団が接近中だった。データによると種族名はヒーザーで、船は全長七百メートルのラッパ形だ。ラッパの〝漏斗部分〟が船首となっている。ドラ・ソンは思わず軽蔑するようなうなり声をもらした。幅が二百メートルあり、船全体のかたちから考えると不格好に見えたからだ。考えられるあらゆる色彩と模様のハチの巣状の隆起が、船の出入口をふさいでいる。一部のラッパ船ではこの部分がところどころ透明だが、内部の詳細はまだ不明だ。船尾にあるふくらんだ部分を、ソンの情報提供者は〝グーン・ブロック〟と呼んでいたが、ハルト人にはその概念を理解しきれなかった。

一時間もたたないうちに、百隻の球形船が惑星ハルトの北極上空に集結した。

ドラ・ソンはコースデータを確定すると、集結した船にそれを伝え、スタート命令を発した。

＊

太陽から二四・八九光時の位置で、わがツナミ部隊はリニア空間から復帰した。ヴィールス・インペリウムのリングが、上でかすかに光っている……飛行方向に見えていたものだ。特殊巡洋艦二十隻のうち、偶数艦については数秒、滞在しただけだった。わたしは短い探知をしようと考え、すぐに実行に移した。

探知機が十戒の《マシン》船十二隻のエコーをとらえた。ここまでの距離は六・三二光時と算出された。われわれになじみのある宇宙的スケールでは、ほんのひと跳びの距離だ。巨大な物体がきっかり十分の一光速という速度を変えずに進んでいることを考えると、ヴィールス・インペリウムがとっている太陽までの距離と同じ程度には、三日もかからずに到達するだろう。

ただ、その計算は基本的にはほとんど無意味だった。というのも、技術エレメントの宇宙船は実際、十分の一光速から〝即座に〟超光速に入れる状態だからだ。望みさえすれば数分で、出動可能なあらゆる艦隊が防衛準備をととのえているテラのそばに出てくるということ。

わたしはいくらかおちついていた。思考がふたたびまともな道筋に沿って流れはじめている。スリもあえて、またそばに近づいてきたが、妙に探るような目つきはその顔から消えていない。彼女は《マシン》よりもわたしに興味を引かれているようだ……前とはまったくべつの意味においてではあるが。数日前は、わたしに対して多かれすくなかれあからさまに、目ざめたばかりの女の魅力をためそうとしてきていたのだ。

それをテストする対象にわたしを選ぶのはまずいとわかっているのに、そんなことはおかまいなしだった。スリがその試みをあきらめたのは、わたしの態度のせいではない。彼女が言葉であらわすことはなかったが、わたしにはわかっていた。ネーサンが警告者を演じて失敗したことが明るみに出て、そのことでわたしがホーマー・G・アダムスに会ったのが原因だ。あのときから、われわれのあいだには壁が生まれている。

探知結果が分析されると、わたしの指揮下にいるツナミの偶数艦は相対未来に消えた。わたしは〇・七〇七一〇六七八秒の時間差を指示していた。この数値はやや奇妙に聞こえるかもしれないが、どのツナミ艦もいつでもかんたんに再現できるという利点がある。これは〇・五の平方根と一致していた。つまり、変則的な数字が無限につづくわけだが、問題はない。というのも、〝カモフの不明瞭時間〟によれば、現実の現在時間に由来するすべての物体はATGによって未来へ運ばれた場合、時間差が一マイクロ秒以内ならば、ぴったり同じ時間平面に整列するからだ。

この作用によって、未来時間レベルでの相互的な通信連絡や探知が容易になる。〇・七秒先の未来は偶数艦にとって現在と同じようなものなのだ。

現実時間にいる姉妹艦と特殊な転送・通信システムを使ってコンタクトし、ならびに現実の現在時間の宇宙を一瞬見ることを可能にする特殊機器によってようやく、われわれはあらためて、現実の認識から消え去ったのを自覚することになる。

アイナー・ハレ艦長ひきいる《ツナミ12》はいない。これもわたしの計画どおりだ。

アイナーは、未来にある別物体のシュプールを探しているはずだ。ひょっとすると、われわれの通常のセンサーではとらえられないさらにべつの物体が《マシン》十二隻とともに太陽系の方向にコースをとっているかもしれないと、わたしは推測している。アイナー・ハレの乗員たちは今回の任務を成功させるにあたり、充分に経験豊かだ。わたしがほかのツナミ艦とともにさしあたり後方でひかえているのは、純粋に戦略的な理由からだった。

わたしはキノン・キルギスに来てもらった。《ツナミ2》のココ判読者で、からかいをこめて〝ココのキキ〟と呼ばれている。

「嘘判定ドクター」わたしはこの男に話しかけた。「十戒の《マシン》の行動はどこか常識からはずれている。すくなくとも、わたしには理解できない。いずれにせよ、この非常識あるいは不可解は、カッツェンカットかエレメントの支配者の病んだ精神が原因なら、意味があるはずだ。ココを作動させて、謎の解明を試みてほしい」

自身の名字が〝ア・キルギス〟でなくて残念だと、なにかにつけて考えている火星生まれの男は、眉間(みけん)にしわをよせた。

「いいですとも、ロナルド」と、答えると、いくらか堅苦しい調子でいった。「ただ、まずどこが問題か、説明いただかないと」

わたしはかれを《マシン》のデータがうつされた探知スクリーンのところに連れていった。グリーンの点は巨大物体のコースを、赤いバーは個々の《マシン》の速度をあらわしている。熟練したココ判読者兼ミニATGスペシャリストに説明は必要なかった。

「この数値を見てくれ」わたしは探知結果に発光ポインターを当てた。「はじめて《マシン》を探知してから、ずっと一定だ。力が集約された十二のブロックはその時点から、計測できる値いが一秒たりとも変わっていない。淡々と同じ速度で同じ方向に向かって飛んでいる」

　ココのキキはうなずいた。わたしはもうひとつのスクリーンのスイッチを入れた。こちらには太陽、テラ、一部の惑星、ヴィールス・インペリウムの位置が表示されている。

「予測2＝2を」わたしは連結ポジトロニクスのほうを向いた。

《マシン》十二隻のコースラインがまとまり、明るいブルーの横線になる。

「速度を光速の八十倍に設定した場合のシミュレーションです」スクリーンを管理・分析するポジトロニクスが伝えた。「つまり、ここにしめされているのは、《マシン》部隊のコースを変えず、速度だけを八百倍にした場合の予測です」

　明るいブルーのラインがすばやく《マシン》を描写した。ラインは三次元映像になり、ヴィールス・インペリウムのリングに触れることなく、そこを横切る。太陽系の平面に対してななめの角度で進入。同時にポジトロニクスの時間シミュレーション技術で、惑星が未来の位置にずれた。

「お気づきでしょうが」ポジトロニクスが説明する。「惑星軌道や太陽の位置にも時間のずれを付加しました。ですから、これはほんものの未来のシミュレーションです」

《マシン》の明るいブルーのコースラインが、テラをしめす光点に向かってまっすぐ進む。テラの映像を突きぬけ、ほかの惑星には触れることなく太陽に到着した。

「奇妙ですね」キノン・キルギスはいった。

「奇妙？」わたしはかぶりを振った。「もっと奇妙なのは、われわれがいま見たことを《マシン》がすぐに実行できるだろうという点だ。しかし、技術エレメントの物体はそれをしない。依然として同じ値いのまま前進している」

「そう見えるわね」スリマヴォがいくらか率直なようすでわたしを見つめた。しかし、不信感はまだ彼女の目から消え去ってはいない。

「これこそ、まったくの謎だ、キキ」わたしはスフィンクスの話に乗らず、ココ判読者のほうを向いていった。「なぜかれらはいま、こんな動きをするのだ？　特別な理由があるにちがいない。きみのココは役にたってくれるだろうか？」

「たぶん」キノン・キルギスはめずらしく慎重だった。「すくなくとも、ためしてみます。約束はできませんが」

「わたしはとにかくひとつずつシュプールを調査しなくてはならない」わたしは火星生まれの者に、《ツナミ》艦隊司令としての状況を説明しようとした。「ペリー・ローダンと《バジス》ははるか遠くにいる。ペリーは、たとえここではかれ自身の故郷惑星が問題になっていても、きっとほかの心配ごとをかかえているだろう。ルナではまもなく危機対策本部の会議が開かれ、そこで情報が必要になるはずだ」

「わかりました」ココのキキは、艦載ポジトロニクスのシミュレーション映像をさししめした。「ですが、ひとつはっきりしていることが。《マシン》の狙いは地球です」

「ほらな、キキ。すでにこの点で、われわれは意見が一致していない」わたしはこの瞬間、自分が悪名高い微笑をとりもどしたことが、なぜかひどくうれしくなった。ジェニファーがそれを満足そうに確認したことも。「《マシン》の目的は、活性化寸前のクロノフォシル・テラだよ」

キノン・キルギスは大きな目でわたしを見つめた。

「無限アルマダがくるのだ、キキ」わたしはつづけた。「《マシン》がヴィールス・インペリウムのリングを通過する前に、無限アルマダはここに到達するだろう。そして太陽系は……テラときみの火星もふくめて……その足もとにひれ伏すことになる。わたしはその後の展開を知りたい。カッツェンカットの技術エレメントの矛盾した行動から、なんとか読みとれるはずだ。それをきみのココに考えてもらいたい」

「無限アルマダがくる」キルギスはどこか放心したようにつぶやいた。「それはよろこばしいですね」

わたしは突然、さらに課題をむずかしくしたいという気になった。わたしがルナでホーマーと会ったことについてくわしい情報を、キキは知らされていない。しかし、警告者の恐怖ヴィジョンについては知っているし、月のインポトロニクスの完璧さを信じてもいる。たとえネーサンが警告者を演じていたことを知ったとしても、あの放送にはなにか意味があったと信じるだろう。

「《マシン》はそのコースと速度をたもち、警告者が放送で主張したのとは異なった行動を見せている」わたしはかれを誘導した。「この点についても、きみのココにはすこし頭を悩ませてもらいたい」

「ええと」ココ判読者は自信があるようによそおって告げた。「わたしのココには頭がまったくないのです。特殊なポジトロニクスですから。ただ、あなたにできないことができます。事実をねじ曲げることもあるかもしれません」

「それで手足のついたものが出てくるなら」わたしはほほえんだ。「わたしは型からはずれたやり方にけっして反対しない、嘘判定ドクター」

「手足のついたものを産みだすには、人間の場合は九カ月かかるのよ」スリマヴォがあつかましくも口をはさんだ。「でも、ロナルド・テケナーとジェニファー・ティロンの場合は、四百二十八年以上かかってるわね。ペリー・ローダンに先をこされないように、気をつけてね」

わたしにはよく鍛練され、よく機能する理解力がある。だが、この小生意気なティーンエイジャーの真意を理解する前に、まず顔を赤らめたジェニファーのことを考えなくてはならなかった。

「《マシン》にコースをとるぞ」と、指示した。わたしの声はすこしかすれていた。

「われわれは全員ATGのなかにとどまるが、《ツナミ12》は除外する。1と11の通信ブリッジを使えば、アイナー・ハレにはいつでも連絡がつくから」

「適切な指示ね」スリが眉間にしわをよせる。「でも、大人と大人になりかけの人間ロナルド・テケナーともあろう男から聞いたなかで、もっともおろかな答えでもあるわ」

わたしは《ツナミ2》が加速するようすを確認し、ほかの艦と接続をつないだ。スリには好きなことをしゃべらせておけばいいのだ！

4

パシシア・バアルは微笑しながら、装置のスイッチを切った。この装置は、ホログラム映像、自由にプログラミングできるホビー用ポジトロニクス、それに必要な出入力エレメントからなる。設定した課題は充分、解決された。小型3Dキューブは二次元描写に制限されている。というのも、今回の試みの結果はただの数字であらわせるからだ。単純な数字なら、平面でかんたんに表示できる。そのため、装置が総合的に判断してこの出力形式を選んだのだ。

その数字は八百九十三だった。

パシシアはいくらか失望した。数字は千をこえるとひそかに賭けていたからだ。ホビー用の機器が誤ったのだろうか？　いや、実際、それは考えられない。彼女はすべてのプログラミングを完璧にこなし、正確さにおいてならぶ者はいない。しかし、そのことは彼女の秘密のひとつだった。

八百九十三という数字は、アンティの少女の顔に八百九十三個のそばかすが発見されたことをしめしていた。ボネメスはいつも百万はあると主張し、そのせいで彼女にはボーイフレンドができないだろうという。勝手にいわせておけばいい！　兄のほうが歳をとっているのに、やはりガールフレンドがいないのだ。ひまさえあれば、トラカラト・ホログラム技術ホビークラブに参加してばかりいる……クラブにはパシシアも、非正規会員としてだが所属していた。

すでに夜も更けていた。父親のフォロは、目のまわりを赤くして自身の情報3Dヴィデオ・キューブの前にすわり、さらにニュースを知ろうとしているだろう。パシシアにはこのふるまいが病的に見えて、いやだった。情報に対するまともな欲求なら異存はないが、父親のふるまいは、すでに家族の結びつきを壊す以上のものになっている。

この問題についての話し合いは、彼女には不可能だった。母親はとっくに父親の行状をあきらめて受け入れ、黙って耐えている。ボネメスは家族生活の外で自身の道を歩んでいて、パシシアがすでにあきらめてしまったけんかを、まだ父親とくりひろげる。しかし、彼女は、自分が愛しているのは両親と兄だけではないと知っていた。あらゆる生物を、どんな見かけであれ、心から受け入れている。ただ、それをだれかほかの人と分かち合う方法を知らないのだ。

彼女はこのことを考えて、またほほえんだ。あらたな確信が心のなかで芽生える。なにもかも打ち明けられるような男、あるいは生物を見つけよう！　それが伴侶としてのっていた。

愛情にもとづくかどうかは関係ない。パシシア・バアルには自身がもとめるものがわかっていた。

「ま、いいわ」と、ひとりごちる。「そばかすはたったの八百九十三個なのね。ボネメスは二日間いないかもしれないし、父の興奮状態は表面だけよ。母は料理をして黙っている。ひどい組み合わせね。きょうはホビークラブが開かれる。だれかが注意してやらないと。あの発光文字、まったく不快だわ」

彼女は椅子から立ちあがり、何度も部屋を行ったりきたりした。歯ぎしりの音がする。

「あなたはいつかわたしの前にあらわれる!」この言葉を薄い唇のあいだでかすかに発すると、歯ぎしりがいっそう大きくなった。「あなたはわたしのそばかすを数えるでしょう。でも、それが八百九十三だということはわからない。わたし以外に知る者はいない。そして、わたしはあなたには教えない」

パシシアは突然われに返ると、部屋を出た。家は一階建てで、部屋が八つある。顔をあげて中央の廊下を悠然と歩くと、またいつもの態度にもどり、〝愚鈍室〟に入った。父が3Dホログラムを神聖物のように讃美するこの部屋を、彼女はそう呼んでいる。

フォロ・バアルは寝ていた。よりくわしくいえば、情報放送の前で眠りこけていた。かならず携えているグラスには、父がつねに中毒のように3Dキューブにしがみついていることよりもパシシアがさらに嫌う飲み物が入っていたが、口はつけられていない。

父親に視線をやることもせず、彼女はつぶやいた。

「あなたはそこにいるでしょう、そのときまだ生きていたらね。わたしが真実を告げる日は、わたしの生涯の最後の日になるかもしれない」

セットされたチャンネルを確認すると、四七だった。いまは、プロフォス出身の抜け目ない者がトラカラトに売りこんだ娯楽番組が放映されている。宇宙創世時代の冒険番組で、『永遠の操縦士カプフォーとレプトン人』という過去のSFだ。あくどく稼ぐ者は、もうすこしましなものを思いつかなかったのだろうか？

ボネメスはかつて権力を持っていたバアロル教団に憧れ、父親は3Dキューブに魂を売りわたし、母親は匙を投げている。

パシシアは不機嫌に顔をしかめ、リモコンのキイを押した。チャンネル七では、総合ニュースが放送されていた。ここですべてが手短にわかりやすく伝えられる。自信たっぷりのこなれたコメントが冷静かつ尊大に提供されたが、その前に彼女は裏の事情についてよく考えることができた。

チャンネルを切り替えるとコマーシャルになり、落胆した気分が一秒ごとにまぎれていった。というのも、この宣伝文句はまだよくおぼえていたからだ。

「……クラムス＝パノイが食べるのはフラマクだけ。特別なクッキーだからね。有名なアンティのジャママスも同じさ。それから、もっと有名な異種族交流担当官のカラム・エグ・エディトもね。かれはサスクルージャー人とアンティの和平を約束したんだ。フラマクを自分で食べるだけじゃなく、宇宙のはるか遠方からくるお客さまにも和睦(わぼく)の贈り物として提供すると決定したよ」

微笑を浮かべた担当官の映像が短くはさみこまれた。

「クラクセルクラムス＝パノイのフラマクは、ぼくら全員を助けてくれる」空想の生物が見えなくなり、こんどは声だけがささやくようにつづけた。「ぼくらアンティを助けてくれる。いつか火の玉も、ののしる文字も、燃える壁も消えてなくなる」

コマーシャルがようやく終わったとき、パシシア・バアルはかぶりを振っただけだった。

「かれらはなんでも利用しつくすのね」彼女は、いつもなら父親が目をさますような大声を出した。しかし、フォロ・バアルは疲れきっていて、眠ったままだ。目ざめたとき、どんな番組を選んだら回復するのかしら？　パシシアは一瞬、すこし皮肉もこめてそう考える。だが、一方、同情するようなほほえみも浮かべていた。

総合ニュースがはじまったとき、父はまだ眠っていた。報告は短く簡素だった。

アルコンでは、アルコン人とアルマダ第四八八部隊とのコンタクトに問題はなかった。この部隊に同行してアルコンの小艦隊がテラに向かうことは、すぐに了承されたという。クロノフォシル・テラの活性化のさい、分散したアルマダ部隊はすべて太陽系に集合することになっている。

ハルタ星系では、状況は完全に不明瞭だ。アナウンサーは数日中にさらなる情報を提供するといった。それでパシシアにはわかった。アナウンサーもふくめて特定のだれかが願っていたようには、すべてが円滑には進んでいないのだと。

スプリンガーの世界であるルスマ星系では、まったくおもしろい出来ごとが生じていた。銀河系の永遠の商人かつ交渉人であるかれらは、アルマダ第一七〇七部隊のトレフェスカーから宇宙船をうまくだましとったのだ。その数、驚くなかれ四百二十五隻！その見返りとしてスプリンガーは、太陽系に向かうアルマダ部隊に、なんとたった一隻で同行すると申しでた。

パシシアは、このニュースからあらたなアイデアを思いつき、赤みがかったブロンドの髪をなでた。

プロヴコン・ファウストには、話によるとかなり大規模な編隊が向かったのことだったが、そこからのニュースはなかった。

連星アプトゥトの星系については、アナウンサーは頑として沈黙をつづけている。ほとんどカタストロフィのようなトラカラトでの最初の事件のあと、いまは平穏がもどってきていること、サスクルージャー人とのコンタクトが待たれていることを、ただ述べただけだ。

ニュースは終わった。

パシシア・バアルは満足して幅ひろいシートに腰をおろした。スクリーンのスイッチを切り、同時に器楽だけを流すチャンネルに変えた。古風なバイオリン奏者や、ポジトロンの音楽作成者の映像は見ずに、音だけを聞いて考えたかった。

「〝ハエを追いはらえ〟」彼女はつぶやいた。「〝じゃまだ。アルマダ王子ナコールもペリー・ローダンも、遅れることを望んでいない。わかったな？〟」

彼女は笑い声をあげたが、むしろそれは自暴自棄な笑いだった。眠っている父親がショックを受けるようなものだったが、本人にはとどかない。

彼女は立ちあがり、父親が口をつけていないグラスをとると、いっきに空にした。「うわっ！」と、床に唾を吐く。それからもう一度、「〝ハエを追いはらえ〟」と、くりかえし、大きないびきをかく父親に目をやった。「以下、省略。なぜだれも、わたしがそれを知っていることに気づかないの？　ほかの者は知っている！　ただ聞いただけじゃない」

クロノメーターが見えた。真夜中まで二時間だ。母はすでに寝ている。父もだ。ボネメスはホビークラブにいる。

いま、話ができる者が必要だ。答えをくれるだれかが。さらに、真の関係をただ混乱させて間違ったものにする恥知らずな発光文字も、まだそこにあった。

「おやすみ、バアルさん！」と、いやみのこもった調子で言葉が口をつく。「いま、3Dキューブのスイッチを切ったわよ。あらためて壊したりはしない。そんなことをしても意味はないもの。もうお父さんに逆らって自分のために戦ったりしない。行くわ。でも心配しないで、お父さん……ボネメスがいうように、自分がどこに向かっているのかわかっていないお父さん。わたしの生涯最後の日になったら、帰ってくるから。かれがわたしの話を聞いたら、お父さんも知ることになる。聞くべきよ！　ほとんど理解できないだろうけど。だって、テレビをじっと見ているだけの者は、かつて自分を愛した者とのつながりを失うのだから。かわいそうなお父さん！　かわいそうなお母さん！　かわいそうなボネメス……」

彼女は赤みがかったブロンドの頭を振った。

「ボネメスに、あのクラブ」フォロ・バアルはいびきをかきつづけているが、彼女の声はまたしずかになった。「行くわ、クラブへ。ちいさな少女がいつか見せるでしょう、〝あなた〟に……」

そこで急に黙りこんだ。新しいアイデアあふれる思考の渦にのみこまれたのだ。

パシシアは家を出た。集合場所への道はよくわかっている。途中で考えるのをやめた。自分のしたいことはすべて、多少は不満からくる憂さ晴らしだったからだ。

「アルマダ王子ナコールも」おもしろそうにささやく。「かれも……」こういったことで、わずかにもとの文章からずれた。「遅れることを望んでいない……」

彼女は旧市街の廃墟をよじのぼっていた。ぎこちない動きにはなるが、わき道を知っている子供の習慣でそうしたのだ。集合場所はもう遠くない。

「わたしはなにを望んでいるの？」彼女はこういって立ちどまった。父親の飲み物はまったく作用がないわけではなかったのだ。「〝あなた〟に会うことよ！　わたしのものでなくてもいいから、会いたいの！　嘆き悲しむ必要はないわ。あなたはわたしや父より不幸でも幸福でもない。それを一度でもわかってもらえればいいのに」

いっきに飲み干した飲み物のせいで、意識がますますせばまっていた。

パシシアはつまずいたが、もっと自分に注意しなくてはならないことはわかっている。意識がまた正常にもどってきた。

「あなたのところには行けない」と、ささやく。「だから、あなたがきて！」

〝ハエを追いはらえ〟と、頭のなかで声がささやいた。ひと言ひと言が自分の声だとわかっている。アルマダ種族は銀河系から、こんなふうにわたしたちに話しかけるかしら？　〝じゃまだ。アルマダ王子ナコールもペリー・ローダンも、遅れることを望んでいない。わかったな？〟　謎のナコールがそう話すかしら？　それとも〝かれ〟がそう話すかしら？

洞窟の出入口が見えた。パシシアはちいさいつつみをとりだした。なかにはフードつただろう。

きの変装用マントが入っている。これをはおると、彼女はなかに入った。監視員は演壇からの言葉に耳をすましている。咳ばらいをしなかったら、こちらに気づきもしなかっ

「ずいぶん遅いのね」その声で、相手が少女だとパシシアにはわかった。「名前は？」

番号を告げると、なかに入るのを許された。

出入口の監視員の少女は、パシシアを引きとめて、こういった。

「あなたはすこし聞き逃してしまったわ。〝失せろ、アルマダ種族〟という言葉に賛成か反対かについて、投票が終わったの。わたしたちの三十五名が賛成だった。あなたがいれば、三十六になったわね」

パシシアはなにも応えず、ただうなずいただけで、ほかの変装した者たちのなかにまぎれた。

岩の演壇では、選ばれた四名が三十二名の聴衆とよりも、自分たちでたがいに議論をかわしている。パシシアは冷静に眺めた。かれらはしょせん、趣味のホログラム技術者の一団だ。トラカラトにはほかにもきっといくつかある。

それに……

彼女はひどく邪悪で不可解なサスクルージャー人に対する防衛をめぐる議論の合間をみて、洞窟のすみにさがり、自分の思いにふけることにした。

完全に自分だけの考えごとだ。アンティの少女のきわめて個人的な問題だった。兄のボネメスはどこにいるかわからないが、出入口でナンバーを見たのと家にいないことから、このなかにいるはず。父はキューブの前で眠っている。母はベッドのなかだ。

パシシアは心のなかで笑った。彼女の言葉を聞いている者はだれもいない。

〈ここから宇宙の果てまでにおよぶ過去の世界よ、わたしの話を聞かないで。わたしはただのちいさなアンティの少女。血管にはテラの血が流れている。こういったほうがいいかもしれない。両親の先祖たちのなかで……ということは、わたしのなかでも……かつて遺伝的混血がおこなわれた、と。わたしはそういう存在。あなたたちはみんな、そうして生きていくしかない！　なかでも〝あなた〟は！〉

洞窟の集会所での議論はつづき、やがてようやく〝真のホログラム技術者〟があらわれた。トラカラトのホビークラブが空に描いた中傷文書を非難したが、火の玉や、ユトラクとほかの都市の周囲に生じたエネルギー壁については、やはり説明できないことを認める。それを全員が信じた……フードをかぶったボネメス・バアルをのぞいて。ともかく、真のホログラム技術者がひとつ達成したことがある。ホビークラブが、サスクルージャー人にはもはや抵抗しないことを約束したのだ。

パシシアとボネメス・バアルは、フードをすでにしまいこみ、この集会所から帰る途中、偶然に出会った。たがいになにもきかずに、ふたりで帰宅した。

フォロ・バアルは、とっくにスイッチを切られた3Dキューブの前にすわって、まだいびきをかいていた。

5

タウレクの目は、いつもは謎めいた静けさをたたえている。いまも変わりないが、その目つきは意味ありげだった。以前ほどではないかもしれないが、コスモクラートが自分の意見に了解していないことをペリー・ローダンに気づかせるほどには、充分に意味ありげなものだ。

通信がロナルド・テケナーから《バジス》にとどき、応答をもとめてきたので、ローダンはとっさにテキストをまとめていた。その意見の正当性は、友や《バジス》の乗員たちも、ハミラー・チューブでさえも疑っていなかった。

しかし、太陽系からさらに通知が入り、そこから、人類が襲われたパニック全体が明白になった。

ロナルド・テケナーは、いわば《マシン》のすぐ前から状況報告をし、太陽系にペリー・ローダンがいてほしいと、妥協することなく要求してきたのだった。

この要求を拒否することは、ローダンの念頭にはまったくなかった。ローダンはあまりに人類によりそっていて、かれらが十戒の技術エレメントによる脅威の数時間をすごすのを見殺しになどできない。しかし、《バジス》にスタート命令を出そうとしたそのとき、タウレクが口をはさんできたのだ。

「きみはここにいろ！」コスモクラートは断固としてもとめたが、不満そうな了解しかねる目で見られることになった。

「だが、《マシン》が平和的な目的でやってきたと考える者などだれもいない」ペリー・ローダンが声をとどろかせる。「十戒のいずれのエレメントも、いまはただひとつの目的を追求していると考える。つまり、クロノフォシル・テラの活性化の阻止だ。《マシン》によってそれがどのように起きるか、わたしには想像できる。テケナーの報告は無言の権力誇示について述べていたが、わたしはより深刻な危機を《マシン》に感じている。活性化を阻止するのにいちばんいいのは、テラを破壊することだ。テラが存在しなくなれば、活性化もされないだろう。わたしの居場所はテラだ！」

「もちろんわたしも、アニン・アンとその巨大船には脅威を感じる」タウレクは認めた。「だが、わたしにはさらにわかっていることがある。また、いくつかわからないことも。なにより《マシン》の本来の目的がわからない。ポジション的には太陽系をめざしているとされるが、意味はなきに等しい。十戒の今回の行動の裏には、はっきりした意図があると思われる。まずはこれを突きとめなくてはならない」

「その意図はわかっている」ローダンはコスモクラートの話に口をはさんだ。「すでにいったはず。《マシン》はテラを破壊するだろう。これより明白なことはない」

「同意できない。《マシン》が単純に破壊をもくろんでいるなら、テラのすぐそばに出現しただろう。そのための技術も、かれらは疑いなく持ち合わせている。しかし、そうはしなかった。むしろ緩慢にコースを進み、太陽系の全戦力に迎撃準備をする機会をあたえている。たんなる暴力行為が目的なら、はなはだ非論理的だ。だから、べつの意図を探らなくては」

ペリー・ローダンは、タウレクの議論がある意味では筋が通っていると認め、いきおいこんでたずねた。

「なにか疑いを感じているのか?」

「もちろんだ」タウレクは安堵の息をついた。ローダンを納得させられると感じたのだ。

「きみは、きみのテラと人類しか見ていない。それは正しいことだ。きみは、重大なクロノフォシル・テラの活性化を阻止する《マシン》の攻撃のことを考えている。それもまさしく正しい。しかし、テラの次にはエデンIIがある。そこでようやく活性化のベルトはつながるのだ。そのため、十戒はテラへの攻撃を第一には考えていないだろう。むしろエレメントの支配者は、かれの観点から見た悪の根源をおさえなくてはいけないと考えるはず。そして、かれはきみを充分よく知っている」

「もうすこしはっきり話してくれないか」ローダンは不機嫌にいった。「悪だと？」

「〝創始者〟が存在しなくなれば、クロノフォシルはたちまち意味を失う」と、コスモクラート。「創始者がすべての悪の根源なのだ。その創始者とはきみだ、ペリー・ローダン」

「つづけてくれ！」テラナーはせかした。

「《マシン》の活動の目的はただ、きみを太陽系におびきよせ、そこでかたづけることかもしれない。だからテラのための最高の防御は、きみがそこにいないことなのだ」

ペリー・ローダンは黙ったが、眉間にはしわが刻まれていた。

「わたしは断言はしない」タウレクはまた話しはじめた。「ただ、そういった意図があるだろうと推測する。そのため、《バジス》にのこったほうがいいと忠告しておく。気にいらない提案だとはわかっているが、今回は仲間にこの問題をまかせたほうがいい」

「理解するのはいささか困難だ」テラナーはさっきよりもはるかにしずかに答えた。

「わたしの不在がテラの助けになるとは。自分を脅かすかもしれない危機にわたしがひるむことはないが、あなたの忠告を聞く心がまえはある。だが、ミュータント数名を搭載艇で出発させることには反対しないだろうな。ロナルド・テケナーには、どんな援助もありがたいだろう」

タウレクは賛成するというしぐさを見せた。

　数分後、《マンダリン》が《バジス》からスタートした。艇には、ミュータントのフェルマー・ロイド、イルミナ・コチストワ、ネズミ＝ビーバーのグッキーが乗っている。この処置でペリー・ローダンは部分的にロナルド・テケナーの希望に対応したわけだが、同時にまた、最初の危機対策会議で十戒の《マシン》に対抗するためのあらゆる援助をもとめたLFT上層部の要求をも満たすことになった。

　タウレクはペリー・ローダンがはじめた全処置を慎重に見守った。テラナーも《バジス》にとどくすべての報告を注意深く確認した。

「アプトゥト星系での出来ごとについて考えたのだが」タウレクは思案しながらいった。「今回の事件は、わたしがアルマダ部隊についていだいていたイメージにまったく合わない。こんなに非合理的な行動をするとは、サスクルージャー人にいったいなにがあったのだろうか？」

「わたしの関心をテラからそらしたいのだな」《マンダリン》がリニア空間に入ると、ペリー・ローダンは答えた。太陽系での防衛部隊の援助に向かったグッキー、フェルマー、イルミナがうまくやってくれるといいのだが。

「そんなことはない。なにかがおかしいのだ。アンティからさらに不吉な知らせがくるなら、そこに気を配らなくては」

「わたしはむしろ、テラの心配をしたい」

実際、ローダンはそうしていた。この遠くはなれた場所でできるかぎりだが。

ロナルド・テケナーが伝えてきた報告をもう一度読み通す。スマイラーは十二の巨大物体に近づき、技術エレメントの《マシン》だと確認していた。そのコースについてのかれの表明は、ローダンに恐怖を引き起こした。通信連絡も話しかける方法もないまま、防御バリアも張らずに宇宙空間を進みつづける巨大船のかたくなな動きは、謎だった。

ペリー・ローダンは奇妙な印象を受けた。

無防備な《マシン》のコースはまるで、カッツェンカットかエレメントの支配者がこれらの船を人類への供物として捧げているかのようだ。この印象について考えれば考えるほど、ローダンはタウレクの推測がそれほど真実から遠くはないという感覚をおぼえてきた。この行動の裏にはなにか、とんでもない計画がある。いまはまだ見通すこともできず、問いを提示されたハミラー・チューブでさえ押し黙っているが。

沈黙の航行はまちがいなく心理学的な作用を発揮している。ほとんど十分おきにテラからあらたな反応がとどいた。とくに、LFTの危機対策本部から。

明らかに、異なるふたつの意見の陣営ができていた。一方は《マシン》に即座に無制限攻撃をくわえることをもとめ、もう一方はさらに情報を得られるまで待つ姿勢でいる。

「わたしもできるかぎり手伝おう」タウレクはテラナーのほうを向いた。「ゲシールとヴィシュナに連絡をとった。ふたりはヴィールス・インペリウムとつねに接触している。

おそらく背景について知ることができるだろう」

「はかない希望だな」と、ローダン。「われわれが行動しなくてはなるまい。そう考えている。ヴィールス・インペリウムはまったくあてにならないから」

「十戒の行動の意味に説明がつくようになれば、助けになるかもしれない」

「そういわれると思ったよ」ペリー・ローダンは、タウレクにかなり非難のこもった視線を投げかけた。

「わたしはただ推測を述べただけだ」コスモクラートが抗弁をした。

＊

恒星ハルタから四光時はなれたところで、ドラ・ソンは百隻の黒い球型船とともにアルマダ部隊の船団に近づいた。はてしない数の異人の艦船を実際に目にして、オケフェノケースの遺伝子操作から生まれた無感覚なけだものの子孫でさえ、しばらく息がつけなくなった。ちょうど五十万隻の船が宇宙空間を進んでいる。相手が消えることのない核火災に見舞われた惑星だとすれば、ドラ・ソンの百隻など灰の塊りのようなものだ。

かれはすばやく自信をとりもどしたが、迫りくる衝動洗濯に引かれる力は明らかに弱くなっていた。眼前の出来ごとで、本能的な欲求がおさえられたのだ。

計画脳が、かれの興奮をさらにしずめるデータをはじきだす。無限アルマダの船団は結局、いさかいを煽動するためにやってきたのではなかった。つまり、ハルト人がただ平穏を望んでいるだけだと異人を納得させるのは、それほどむずかしくないかもしれない。いざとなれば、ドラ・ソンはひるむことなく力ずくで要求を明らかにするだろう。そのあとは自身の衝動洗濯が待っている。それを見れば、たとえ激昂した者でも、惑星ハルトを訪れるのは賢明ではないと身に染みてわかるだろう。

自分と似たような状況のハルト人が、ほかに七隻の船に乗船していた。もちろんドラ・ソンはかれらの名前を知っている。自身もふくめた、はげしい爆発寸前のハルト人八名を、かれはひそかにアルマダの異人たちとの交渉チームとしてすでに定めていた。

「通信連絡」《夜の調べ》のポジトロニクスが伝えた。「ヒーザーからです」

ドラ・ソンの上側の大きな手が操作フィールドの上をすべるように動くと、スクリーンが明るくなった。

先端に多量の繊毛がついた長い鼻が不安そうに動くのが見えた。

「バイラ・ホニムよ」と、声がした。「音楽はお好き？」

この不作法な話し方が、ドラ・ソンは好きではなかった。異人には絶対に敬語を使ってもらいたいものだ。

鼻先が消えて、やはり長い鼻がついた不格好な頭があらわれた。スクリーンが切り替わったため、いまはべつの生物が話しているとハルト人には容易にわかった。

「すみません」ほとんど当惑しているような声だ。「バイラはいつも自分の音楽のことしか頭にないんです。でなければ、料理のことか。わたしはカミュ・ヴリーン。バイラとわたしはあなたがたとの交渉係です。われわれは個人的に、あなたがたに大きな期待をいだいています。われわれに、夢はかなうとはっきり約束しました。われわれがおろかで無知な表現をしたため、きっと、あなたがたを怒らせてしまったでしょう。お許しください。ですが、故郷に帰還する長い道のりはつらいものです。どうぞ対話のチャンスをください。すべてのヒーザーと、われわれに同行しているアルマダ種族の名にかけて、お願いします」

　ドラ・ソンのふたつの脳は共同作業をしたが、どちらも同じ結論にいたった。脅迫されてはいないが、ここにいるのは混乱しているか頭がおかしい者にちがいない。

　ハルト人の背筋に軽く寒けがはしった。待ち受ける衝動洗濯がまた急速に迫っているたしかなしるしだ。

「ドラ・ソンだ」かれは声をとどろかせ、ふたつのこぶしで胸をたたいた。ものすごい音が響いて、《夜の調べ》の音響伝達装置が何度かひどい過変調を起こしたが、長鼻生物に動じたようすはない。「それがわたしの名前だ。きなさい、混乱した者たちよ。友とわたしが、あなたたちに故郷の場所をしめそう」

　恐ろしげな歯をむきだし、カメラレンズに向かって笑う。

「あなたたちは、わたしに会わなければよかったと懇願することになるだろう」

「それじゃ、かれは音楽は好まないのね」ヒーザーのラッパ船のスクリーンのすみから、さっきの長鼻生物が押しでてきた。「でも、そんなことはどうでもいいわ。だいじなのは、故郷への帰還というわたしたちの夢がかなうこと」

ドラ・ソンは《夜の調べ》のポジトロニクスに指示を出し、ほかの衝動洗濯目前のハルト人七名に転送機で自分のところにくるようにさせた。同時に、大声でいう。

「そちらの船団を静止させよ。われわれとの折衝が終わるまで」折衝という言葉をいったとき、その無骨な顔がゆがみ、不気味な微笑が浮かんだ。「さらに、転送機を準備するのだ。データはすぐに伝える。あなたたちが対話と呼ぶもののために、要員を送ってもらいたい。それは狩りの敗走になるだろう。ハルトに接近する権利のある者はだれもいないのだからな」

「われわれは帰郷したいのですが」カミュ・ヴリーンと名乗った者がいった。

もう一名の長鼻生物が……単性生物のドラ・ソンから見ても、テラの基準でいう女だと思える……ハイパーカム装置の前に無理やり出てきた。

「一曲、お聞かせしましょうか？　もちろん、わたしたちの船団は静止するわ。永遠に故郷を探してきた者にとって、ほんのわずかな時間などかまわない。メロディはお好き、ドラ？」

衝動洗濯が迫っているにもかかわらず、ハルト人はめずらしく冷静に答えた。

「わが船はひとつのメロディだ」大声をとどろかせたり、歯をむきだしたりしないように努力する。「《夜の調べ》というのだからな」

「すてきだわ！」バイラ・ホニムがうれしそうに鼻で音をたてた。「では『憧れの調べ』をお聞かせしましょう。あなたを抱きしめたいくらいよ、ドラ。あとでね」

転送機接続のためのデータが送られた。このあいだに、ドラ・ソンの〝折衝委員会〟のほかの構成員たちが《夜の調べ》に集結する。そのなかのひとり、トレイカーは状態がひどく、できればソンの宇宙船の全設備を破壊したいほどだった。

「頭のおかしな者たちだ」ドラ・ソンが説明した。「かれらがこちらの要求を理解できなければ、われわれ、荒れ狂ってしまうかもしれない。まずはかれらをこさせよう」

《夜の調べ》の司令室に近い一キャビンに、ハルト人たちはいた。鋼製ハッチを歯で粉砕するために壁に向かってぶつかろうとしたトレイカーを、シャウトとティアーズが押さえる。

「ハルトの平穏のためだ」ドラ・ソンはあらためて思い起こさせた。「ローダンとその奇妙なアルマダ部隊は、望むことをすればいい。しかし、われわれの平穏をかきみだすことはさせない。それだけがわれわれの目的だ。ヒーザーに恐怖を吹きこみ、無限アルマダのデータベースからハルトを抹消するようにさせなくては」

「そのための時間はそれほどないぞ」トレイカーは大声でいい、四つのこぶしをドラ・ソンに見せつけた。「わたしのなかで血がわきたてば、とめられない。わかるか？」

「向こうはどれだけくる？」シャウトがたずねた。「わたしにはそれがきわめて重要だ。いまは最初の衝動洗濯が目前だから。じゃま者を見たらどう反応するか、自分でもわからない」

ドラ・ソンは応えることができなかった。

転送機が二名の生物を吐きだしたのだ。長い鼻を振りながら、ハルト人八名のほうにぎこちなくやってくる。

「なんだ！」トレイカーは声をとどろかせた。

異生物二名の鼻が、かくされた機器から響く曲に合わせて動く。音は和音となって流れた。甲高く（かんだか）なることもぼんやり低くなることもなく、耐えがたい間もなければ、感情をかきみだすこともない。

心を解放し、なごやかにさせるような音の連なりだった。

ドラ・ソンがまだ二名をじっと眺めていると、押さえつけるシャウトとティアーズから逃れたトレイカーがヒーザーたちに駆けよった。作業アームを大きくのばし、異生物を一撃でつぶそうとする。

「こんにちは」バイラ・ホニムが歌うようにいう。

トレイカーは目に見えない壁に衝突した。それは衝動洗濯の妄想のなか、自身でつくりだした壁だった。

「われわれを故郷へ連れていってください。お願いです！」と、カミュ・ヴリーン。「そして、どうか心をおちつけて」

床で身をよじらせるトレイカーの巨体を、鼻でやさしくなでる。ほかのハルト人は硬直しているようだった。唇からはひと言も声が出ない。だが、カミュとバイラが四本の手をさしだすと、からだを震わせていたドラ・ソンはいった。

「われわれ、語り合おう」

「あるいは歌いましょう」バイラ・ホニムがいう。年長の女ヒーザーの言葉を、ハルト人たちは理解した。

かれらは腰をすえて語り合い、カミュは混乱したトレイカーがたちなおるのを助けた。語り合いはつづいた！　こうして話しているあいだに、ハルト人の巨体にあった衝動洗濯の爆発をもとめる思いは失せていった。対話がいきづまると、バイラがカミュのマイクロ合成曲を披露する。つねに完璧な和音というわけではなかったが、ドラ・ソンも粗暴な同胞たちも、それを聞くと気分がよくなった。

6

ペリー・ローダンがすくなくとも数名のミュータントを送ってくれたのがわかってよかったと、わたしは思った。かれ自身にきてもらえたら、なおよかったのだが。ただ、暗号化した報告で知らされたから、かれがこない理由は理解できた。

わがツナミ部隊の半数が、現実の現在時間にいる《マシン》船十二隻と実際に平行して飛んでいた。ほかの特務艦もこのコースを追っているが、〇・七秒、相対未来にいる。ただし《ツナミ12》だけは、アイナー・ハレとともに未来で行ったりきたりして、かくれた技術エレメントの部隊をさらに探していた。しかし、まだなにも発見されていない。

わたしは巨大船にますます接近していた。相手がわれわれの存在や通信にまったく反応しないためだ。わが部隊の数隻はすでに先頭の《マシン》からわずか数百キロメートルのところにいる。ただし《マシン》とは異なり、こちらは防御バリアを張っている。

なにも起きず、その静寂が全員の神経を逆なでした。《マシン》の単調な飛行が、権力誇示のように感じられる。意味を見いだすことはできない。だが、わたしはキノン・キルギスに期待していた。

ココ判読者はすこしして、司令室のわたしのところにきた。携帯端末を持っていなかったので、わたしはかれが役にたつ結果がないままやってきたことに気づいた。

「残念ですが、チーフ」キルギスはひどく不満な状態にあるようだ。「あなたはわたしのココに解けないような難題をあたえましたね。通常のポジトロニクスはすでに、これは乱暴な攻撃ではないという結果をはじきだしました。ココもそれに追随したのですが、ココを全面的に信頼しているわたしでさえ疑ってしまうような推測を提示しました。カッツェンカットがわれわれに贈り物をしようとしているというのです。わたしはそれを、トロイの木馬のような不吉な贈り物にちがいないと解釈しました。ともかく《マシン》十二隻が犠牲になるらしいと、多くのことが示唆しているのです。しかし、犠牲の意味はまだ謎のままです」

この情報はほとんど役にたつものではなかったが、わたしは礼をいった。

このあいだに、わたしの要員たちは《マシン》をすべて記録した。巨大船に番号があるのは知っていたが、それを確認できる状況にはない。一隻はすでになじみの《マシン三》のようだが、それも確実ではなく、われわれはべつの方法を選ぶことにした。

それぞれの《マシン》船にきわだつ色から別名をつけたのだ。《マシン・ブルー》には独特の魅力があり、引きつけられた。あちこちが星に似て鋸歯状になっている。ひとつの角からべつの角までは七十五キロメートルあり、角張った中央部分は厚さが二十八キロメートルだった。

《マシン・ブルー》は部隊の先頭の船だ。おそらく指揮船だろう。ひょっとすると《マシン一》かもしれない。

ミュータントが《バジス》を出発するかなり前に、さらなる情報が入った。

LFTの危機対策本部が明白な決議をくだしたという。ペリー・ローダンの異議にもとづき、《マシン》の意図がはっきりするまで直接的な攻撃はひかえるというものだ。

わたしには充分な自由裁量権があたえられていたが、まもなく到着するミュータントの手を借りて、《マシン》に侵入して状況を探ることを試みるべきだろう。そうすれば、なにか今回の行動の本来の目的についてわかるはず。

わたしはそれまでの時間を使うことにした。船団のかなり後方を飛んでいる直径六十二キロメートルの《マシン・ヴァイオレット》は、小型船の部類に属する。アイナー・ハレが《ツナミ12》でわたしの時間平面を訪れ、自身の捜索活動が決定的な失敗に終わったことを報告したとき、わたしは攻撃をしかけた。この作戦がただの試みになるだろうということは、はなからわかっていたが、技術エレメントの船にそろそろ反応を起こさせたかったのだ。

《ツナミ11》から《ツナミ20》までがスタートポジションに入った。そのうちの偶数艦はATGフィールドにとどまる。この五隻はいわば第二の波状攻撃用だ。奇数艦が《マシン・ヴァイオレット》に対する最初の攻撃のために現実の現在時間から飛び、そこにすぐATGフィールドから第二の攻撃の波が、現実の現在時間に向けてつづく。

いくらか神経をとがらせて最終確認報告がくるのを待ちながら、もう一度すべての関連を考えてみた。どこかおかしい、と、ひとり言をいう。警告者としてのネーサンの予言どおりではないからだ。《マシン》はあらゆる陽動作戦を放棄している。

そもそもわたしは、《ツナミ12》がなにか指揮エレメントのシュプールを見つけるはずだと期待していた。カッツェンカットと警告者の関係を熟考してみる。だが、その瞬間、ふたたび自分の頭でまともに考えられないおろか者に切り替わった。ホーマー・アダムスは完全に納得できる説明をしたではないか！

わたしは突然なぜ、警告者がなにか十戒に関係があるのではないかと考えたのだろう！　おそらくすべてはまったく違う。警告者の陰にひそんでいるのは……

怒ってこぶしをにぎり、このくだらない考えを頭から追いだす。

突然、スリマヴォがわたしの隣りにならんだ。近づいてきたのに、まったく気づかなかった。彼女の手が軽くわたしに触れる。

「テク」彼女は小声でいった。「どこかおかしい気がするわ。それがなんなのかはいえないけれど、わたしの予感はかなり当たるのよ」

「ほうっておいてくれ！」わたしは無愛想にいった。

「だいじな話なの」彼女は強情だった。「助けになりたいけど、そのためにはあなたに了解し、覚悟してもらわないと。あなたの感情振動は調和状態からひどくはずれている。その理由が、十戒の《マシン》の出現だけとはとても思えないわ」

「やることがあるのだ、スリ」

「あなたの思考に侵入したくはないけど」彼女は頑固につづけた。「でも、あなたは内面のバランスをまた見いださなくては。そうしないと、全員に破滅的な結果をもたらす失敗をしそうよ。わたしの援助を受け入れて。わたしのエネルギーで、あなたの感情をまた安定させられるわ。それには、ただ了承すればいいだけなのよ」

《ツナミ11》から《ツナミ20》までの最終確認報告が入った。これでスタート命令を発することができる。

「わかるだろう、スリ」わたしはスフィンクスのほうを向いた。「わたしの感情振動の状態について議論するよりももっと重要な用事があるのだ。どうか、もう行ってくれ」

彼女は残念そうに去り、ようやくわたしはしずかにすごせるようになった。

ツナミ艦の11、13、15、17、19が攻撃コースに入った。最初は小型兵器のみを使って至近距離から発砲する。《マシン・ヴァイオレット》が防御バリアを展開し、エネルギー攻撃の効果は打ち消された。

しかし、反撃はない。さらなる動きも《マシン・ヴァイオレット》ではなにも確認されなかった。

その後、反対側からツナミ部隊の偶数艦が突如、相対未来から出現し、総力をあげて巨大船を攻撃した。またたく間に防御バリアが光り輝き、烈火をのみこむ。

今回も反撃はなかった。ほかの《マシン》もこの攻撃にまったく注意をはらわない。

三度めはツナミ艦の全十隻で《マシン》の一点を集中砲撃した。こんどは、防御バリアのシステムがはげしく光り、燃えあがる。巨大船はすこしのあいだ高速で回転し、衝突エネルギーを防御バリアのできるだけ広範囲に分散させた。

この単純な防衛作戦が功を奏し、《マシン・ヴァイオレット》は無傷のままだった。

今回もまた反撃することはない。

「なにもかも無意味なようね」ジェニファーがいった。手をわたしの肩に置いている。

わたしはうなずき、全ツナミ艦に通信をつなぐと、かすれた声で命じた。

「攻撃中止！」

＊

バアル一家が全員そろったのは、ほとんど奇蹟だった。それは食事時間のためというよりも、トラカラトでの事件のせいだ。いまは平穏だが、サスクルージャー人はまた新しいことをはじめるだろうと、四名のだれもが無意識に感じていた。

天気は快晴で暖かい。母親のミルタクスは娘の希望どおりに、ベランダに通じる壁扉を開けた。近くの町ユトラクと、その上に浮かぶアルマダ部隊の宇宙船の光景がひろがっている。

フォロ・バアルは文句をいいながら3Dキューブのスイッチを切った。いま流れている番組にほとんど興味を感じなかったからだ。番組ではテラナーのクリスマスとそれにともなう風習についてとりあげられていた。

「前世紀の遺物か」父親のバアルはまだ不平をいっていた。「おろか者たちは、テラナーがいまクリスマスのことを考えているとでもまだ真剣に思っているのか。アルマダ部隊の《マシン》がかれらの惑星に接近しているというこのときに」

「違う！」息子のボネメスがつぶやいた。「《マシン》はエレメントの十戒の船で、それとペリー・ローダンは戦っているんだ。父さんはまた、なにもかもとりちがえている。キューブばかり見ているせいで生じる典型的な弊害だよ」

「そんなことはどうでもいい」父親は弁解した。「危機は危機なんだ。そんなときはクリスマスなど祝わないのだ」

「あなたたちのけんかは永遠につづくの？」ミルタクスが嘆く。「わたしたちはとんでもない家族なのではないかと、ときどき思うわ。こんなのうまくいくわけないわ」「わたしたち、とんでもない家族よ」パシシアが椅子から立ちあがった。「みんなだれも、なにも変えない。わたしたちは四人でひとつ屋根の下で暮らしているけれど、互いを結びつけるものがない。それを変えてくれるだれかにきてもらわなくちゃ」

「くだらん！」フォロはそれしかいわず、またキューブのスイッチを入れた。

「それじゃ、わたしは行くわ」パシシアは開いた壁扉からベランダへ出た。

この瞬間、それは起きた。

はじめは低い音が聞こえただけだった。巨大な鋼の塊りを組み立てているかのような音だ。とどろきはすぐに大きくなった。町の方角から聞こえる。パシシア・バアルは立ちどまり、建物や宇宙船を見ていた。母親とボネメスが隣りにならぶ。フォロ・バアルは怒りの声を発した。なにもしていないのに、3Dキューブの画面が消えたからだ。あちこちのチャンネルを急いでためすが、どこもうつらずなにも聞こえない。

「いまいましい機械が、またためになった！」と、癇癪(かんしゃく)を起こす。

「キューブは壊れていないわ」パシシアは振り向くことなく説明した。「下でなにかが起きている。そのせいできっと、父さんのキューブがなにもうつさなくなったのよ。ほら、見て！」

細い腕でユトラクの方向をさししめす。下からはやむことなく、なにかを打ちつけるような音が響いていた。そこに、アンティたちの悲鳴がまじる。

フォロ・バアルはけだるそうに立ちあがり、沈黙して暗闇になったキューブを最後ににらみつけ、やはりベランダに出た。

「いったいどうしたんだ？」と、うめく。

「壁をつくっている」ボネメスは、世界の自明のことがらのような声の調子で答えた。

「壁だと？」フォロは身震いした。「だれが？」

「ほかにだれがいるのさ。サスクルージャー人だよ」ボネメスは町と家のあいだにひろがった森のなかにある、開けた場所をさししめした。

そのいちばん深いところで、漆黒の壁がどんどん高くなっていく。壁は一辺ほぼ五十メートルの巨大なさいころが積み重なってできていた。さいころはまさに虚無から物質化し、高くなっていく壁に向かったと思うと、そこで大きな音をたてて固定されていく。この奇妙な出来ごとはとてつもない速さで進み、さいころが積み重なる音がマシンガンの連続砲撃のように響いた。

壁がどんどん高くなっていく。

「こい！」フォロ・バアルが走りだした。ほかの者も追っていき、とうとう近くにある丘の頂上に着いた。

「あれはまさにエネルギー壁があったところに生まれている」ボネメスは考えを声に出

した。「ユトラク全体をかこんでいるんだ」

実際、そのとおりだった。

それだけではない。虚無から生じたブロックでできた黒い壁は、軽く湾曲しながら、町に向かってしだいにその角度を強めている。ユトラクが文字どおり閉じこめられてしまうのは、想像力をそれほど働かせなくても明白だった。

町のなかでも、数名の敏感な住民が気づいたようだ。グライダーが何機も飛び立っていく。アンティが逃げだしているのだ。

そのあいだにも壁はますます高さを増し、ブロックが物質化する速度もあがった。いくつかは巨大なプレートとして姿をあらわし、町の上にのこる隙間をたちまち埋めていく。こうして高さ千メートルの平たい半球が生まれた。ブロックが積み重なる轟音がしだいにちいさくなる。音の発生場所がますます遠くはなれたためだ。

「なんたることだ！」フォロ・バアルが毒づいた。

妻とふたりの子供はなにもいわなかった。ボネメスの口のすみがかすかに引きつり、娘の目つきはぼんやりしている。

アルマダ種族の宇宙船はその場を動かない。もっとも奥にある船はまだ、黒い壁の表面からかなり距離がある。

とうとう低い轟音がやんだ。

「ユトラクが壁にかこまれたわ」ミルタクス・バアルは唖然としていった。「どうしてこんなことが？　壁には消えてもらわないと！」

「さ、家に入るんだ」フォロは恐ろしい光景から目をそらした。「ほかのアンティとなんとか連絡をとらなくては。おそらく通常のテレカムはまだ使えるだろう。あるいはキューブがまた動きだすか」

パシシア・バアルは両親とボネメスがすこし先に行くのを待ってからあとにつづいた。そばかすだらけの顔にほほえみが浮かび、こうつぶやいた。

「すてき！」

家では本当にまたキューブの番組がはじまっていた。一チャンネルだけだったが。トラカラトのべつの町から直接、受信システムに転送されている。

明らかに神経質になったアナウンサーがキューブにうつる。手にたくさんのメモを持っていた。

「こちらは放送局協会です」男はいった。「不可解な現象によって3Dキューブネット全体がダウンしたため、われわれは緊急回線でユトラク周辺地域に放送しています。連絡手段がまったくとだえているので、いまは放送がユトラクの住民にとどいているかさえわかりません。政府代表はまだ事態を審議中です」

「審議だと！」フォロ・バアルがののしった。

「こちらは状況についての第一報です」アナウンサーはつづけた。「ユトラクの町はほぼ全域が黒い壁にかこまれてしまいました。原因は不明ですが、もちろんトラカラトの空にいる無限アルマダの船団のせいだとされています」

衛星中継が入った。直径十キロメートルの範囲がうつる。ほとんど全面が平たい半球だ。その下にユトラクがかくれている。

「あそこがわたしたちの家ね」パシシアは発光ポインターで、映像にうつるちいさい点をさししめした。黒い壁のはしから数百メートルはなれている。

さらに今回は、この数日の出来ごととは異なり、ユトラクだけの問題だとわかった。サスクルージャー人やほかの推定されるアルマダ種族からの通信はまだない。

「政府決定は出されています」アナウンサーがまたうつった。安心させるためにほほえもうとするが、うまくいっていない。「トラカラトはペリー・ローダンに緊急の援助要請を送り、かれの無限アルマダによって不安定になっている状況を即刻かたづけてほしいと依頼しました」

「そんなこと、とっくに済んでいるだろう」ボネメスが不平をいう。

3Dキューブが暗くなり、放送局協会のシンボルがうつるのみとなった。

「食事を用意するわ」母親がいったが、だれも応えなかった。ボネメスは黙ったまま、ユトラクをかくす黒いカバーを壁扉から見つめている。フォロは放送局のシンボルをにらみつけ、パシシアは目を閉じていた。

ミルタクス・バアルが調理ロボットとともに部屋にもどってくると、キューブの映像がまた光った。

「新しいニュースだ！」フォロが顔をあげた。

「黒いカバーを調査した結果、ほとんど破壊不能な物質からできていることがわかりました」アナウンサーが告げた。「力ずくで撤去することは現在、不可能です。地下からユトラクに到達しようとする試みも失敗しました。壁は地下深くまで達していて、おそらくすべてをすっかりつつみこんでいます。ユトラクとのハイパー通信連絡は部分的に可能です。第一報では町での急激な気温低下が伝えられています」

ロボット助手がアナウンサーにさらにメモをわたした。

「政府は《バジス》にいるペリー・ローダンに最短時間で連絡することに成功しました。いまはそこからの応答を待っているところです。ローダンが太陽系での事件のせいで、われわれを助けるのを妨げられることになってはなりません」

ふたたび数分が過ぎた。このあいだにボネメスは、出された食事で旺盛な食欲を満たした。目下の出来ごともこの若者をまったく動揺させられなかったようだ。

《バジス》からの応答がアナウンサーによって告げられると、パシシアは夢中になって手を打ち鳴らした。

7

ペリー・ローダンは自分のキャビンにもどっていた。しばらくひとりになりたかったのだ。船の技術的な設備のおかげでそれは可能だった。ここでもほとんど無制限に《バジス》でのすべての出来ごとを追い、はるかな太陽系から入ってくる情報を処理することができる。

かれは不満だった。タウレクのいうことに論拠があるのはわかっていたが、いまこのときにテラからはなれたままでいなくてはならないのは、まったく意に沿わない。結局、人類の存続がかかっていることをべつにしても、ゲシールが向こうにいるのだから。

ハミラー・チューブは批評もせずに、全情報を提供してくれた。できるだけじゃまをされたくないというかれの意向を受け入れたのだ。

タウレクとの議論が頭からはなれない。コスモクラートの意図が誠実であることはすこしも疑っていないが、このように監督されるのがいやだという思いもときどき感じる。この四年間、コスモクラートやその目的について多くを知ってきたが、以前よりもずっと、はっきりいいあらわせない思いがひそかに生じることがあった。

それは不愉快さのようなものだが、この言葉は全体としては正しくない。そこには不信感もふくまれるからだ。しかし、かれはそんな感情はいだいていなかった。あるいは、自分は最近の成果ですっかり困惑しているのか？　一部の者たちのあいだで、自分が超越知性体のように語られていることは知っている。こうした間違った評価が、かれを苦しめていた。

わたしはごくふつうの人間だ、と、ひとりごちる。だが、すぐに自分で打ち消した。物質の泉の彼岸の勢力から使命を託され、その成就のために必要な相対的不死を〝それ〟を通じてあたえられた。しかし、細胞活性装置はかれ自身にとって、不死だけを意味するわけではない。装置にはずっと多くの意味があるのだ。それは、ほとんどほかのだれとも分かち合えない重荷だった。

自身の生涯に平穏なときはほとんどなかったのを、苦々しく意識する。

そろそろ使用可能なあらゆる手段を用いて十戒の《マシン》に対抗して行動しないのかという、テラからのあらたな質問に、かれは否定で応じることにした。回答は用意したが、かれ自身は話さない。ハミラー・チューブのコンソールに返信を打ちこみ、あとの詳細はポジトロニクスにまかせた。

人道主義的な考慮はしていない。エレメントの十戒がよからぬことをたくらんでいるのは疑いようもないから。《マシン》の航行が贈り物の進呈のような印象を感じさせることに惑わされはしなかった。

まずは自身がなにに関わっているのか、知りたい。アニン・アンの意図はなにか？この問いにおよそ答えられるまでは、総力をあげて《マシン》に抵抗するのは間違っているとかれは考えた。たのみの綱はロナルド・テケナー、グッキー、イルミナ・コチストワ、フェルマー・ロイドだ。

自分たちはすでにべつの問題を解決してきている。《マシン》の大きさに驚かされることはない。むしろ肝心なのは、見破ることが困難なカッツェンカットの行動の裏にあるたくらみだ。

その狙いはまさに、ローダンがこの数年にあげてきた、ある意味では恐ろしいほどの成果にちがいなかった。この功績のおかげで、かれは多くの人類の目に上位存在のようにうつっている。だが、それはかれが望むものではなく、自己批判的に観察した結果とも違っていた。ときどきとんでもない幸運に恵まれたということは自分でも認める。さらに、有能で忠実な少数の同志も味方になってくれた。かれだけの力ではないのだ。

しかし、それでも孤独を感じることがある。それは妻にもほとんどどうしようもなかった。

ペリー・ローダンとして存在することは退屈でもなければ、絶対的なストレスでもない。かれは自身を正しく特徴づけることがまったくできずにいた。それがいくつかの不満に思う点のひとつだった。

自分の生涯がこのようになったことについて責任を負うべき者はいる。コスモクラートだ！　怒りと不満の原因はそこにあるのだろうか？　あるいは、ただたんに期待が過剰だからだろうか？　荷が重すぎるのか？

かれはそう感じていなかった。一方では、このようなやり方で生きて愛することを学んだからだ。

かすかにほほえみながら、アトランとの最初の出会いを思いかえした。さらに、友になるきっかけとなった決闘、七種族の公会議が原因となった内部対立、すべてが長つづきすることになったあらたな友情を考える。

あの年老いたアルコンの王子はいま、いったいどこをさまよっているのだろう？

記憶にべつの者たちもあらわれた。トーラ、モリー、子供たちのスーザンとマイクル。そのマイクルと、ロワ・ダントンとして再会したこと。あれは、オールド・マンが恐怖を引き起こしたときだった……

オールド・マン！　突然、思考が現在にもどった。その巨大ロボットの名前が、現在の危機である十戒の《マシン》を思いださせたのだ。

かれにとって今回の危機ははてしなく遠くにある一方、きわめて近くに感じる。まさにこの矛盾した事実のせいで、厄介な良心の葛藤状態におちいることになった。タウレクは誠実に助言し、手をこまねいているしかないといった。これもまた、自分の生き方に合わないものだ!

そうなったのも、タウレクのような者たちのせいではないか。

事件、事実、希望、自由、束縛……それらがはてしなく混沌としている。

ペリー・ローダンは哄笑(こうしょう)した。一九七一年当時、もし《スターダスト》が月にスタートする直前にこのような未来を予言する者がいたら、その者をどうかしていると考えただろう。そして、もしこの予言者の言葉を正しいと納得したうえで行動していたのなら、自身が正気を失ったと考えたことだろう。

かれはハルタ星系からの報告を読んだ。そこではアルマダ種族ヒーザーとイホ・トロトの同胞たちとのあいだでファースト・コンタクトが成立したという。だが、この情報を得て気分がよくなることはなかった。一方では愛情深く、一方では偏屈なハルト人の性格を充分に知っていたためだ。かれらは静寂と隠棲を宇宙のなによりも好む。

「あっさり引きこもっていられないな」かれは小声でひとり言をいい、微笑を浮かべた。

「人類、銀河系、〝それ〟、コスモクラートがわたしを必要としているのではない。わたしのほうが、かれらを必要としているのだ!」

ハミラー・チューブが《マシン》のあらたなデータを入力し、同時に受信した情報を流してきた。《マシン》に対するテケナーの陽動作戦がはねつけられたことと、不可解な行動の意味を探りだすために、スマイラーが巨大船の一隻に狙いを定めてなにか行動を起こそうとしているようだということだった。

ローダンはまたタウレクの言葉について考えた。技術エレメントの行動がクロノフォシルの創始者である自分をかたづけることを目的としていて、自分が太陽系からはなれているせいでそれが成功しないのなら、カッツェンカットあるいは謎の命令権者はきっと第二の計画を用意しているだろう。つまり、クロノフォシル・テラの破壊だ！

実際、自分が《バジス》でテラへ急ぐかどうかは問題ではない。どっちみち危機は変わらず存在するのだ。しかし、個人的にはむしろリスクを引き受けたかった。

そう思うと急に、衝動洗濯におちいるハルト人の気持ちが理解できた。

「ここを出るぞ！」こぶしをハミラー・チューブのコンソールに打ちつける。「わたしはなににも縛られない。不可解なコスモクラート、タウレクによってもだ！」

ドアブザーで驚き、思考から引きもどされた。

この瞬間、だれかが個人的に自分のところにきたことに、なぜか安堵感をおぼえた。しずかにしておいてほしいとたのんでいた話とは矛盾するのだが。

「どうぞ、ご遠慮なく。借金とりでなければ」ローダンはかすかに皮肉をこめていった。

これはテラの古いいいまわしだが、自動装置は反応して、ハッチが開いた。

客はタウレクだった。

「やはり借金とりだったか」ペリー・ローダンはからかうようにいった。

コスモクラートはこの言葉を無視して、淡々といった。

「ニュースを個人的に伝えにきた。おそらくきみが困惑しているだろうから」

「困惑などしていない」テラナーは答えた。「煮えくりかえっているのだ、とろ火なのにもかかわらず」

「違いはほとんどない。ゲシールからよろしくと」タウレクは、ローダンの感情をかきたてると同時になだめる方法を熟知していた。「彼女とヴィシュナはテラに到着してからヴィールス・インペリウムとたえず連絡をとり、質問し、応答を得ている。テケナーもそれは承知しているが、いまは《マシン・ブルー》を調べるという任務をしっかりつづけているそうだ。ミュータントはまだ到着していないが、あと数時間の問題だろう」

対話相手ができたことと、ほのめかされた情報で、ペリー・ローダンがくりひろげていた独自の思考はすべて急激にとまった。

「ヴィールス・インペリウムはなんといっている？」かれはたずねた。

「まずはヴィシュナとゲシールから聞いたことを話したい。ヴィールス・インペリウムは《マシン》に対して直接的にはまったく手出しできない。つまり、ヴィールス物質は十戒の技術エレメントに対して防衛手段をとることも、攻撃に出ることもできないのだ。

わたしはこの話の正当性をあらゆる点で裏づけられる」

「わたしもヴィールス・インペリウムにまったく期待はしていなかった」ローダンは冷静に答えた。「それで?」

「得られた情報は本質的ではあるが、不完全だ」タウレクはあいまいなしぐさを見せたが、それはいくらか不満をあらわしていた。「アニン・アン、つまり技術エレメントが体現化した生物は、みずからの意志によって元来のからだを変化させた。そのせいで純粋に技術的な思考をするようになったため、感情を持たない。かれらは無条件に、自分たちにとって崇高な目的のためだけに行動する。だから犠牲をものともしないと、ヴィールス・インペリウムは考えている。かれらは意図しないまま使命を負わされたが、それが技術進化という自分たちのイメージに合致し、技術的な意義を見いだすことができれば、すべてを捧げるのだ。その犠牲が、ある者にはまったくべつの目的に資するとしても、やはり同じことをするだろう」

「目的か」テラナーが推測した。「《マシン》が本来、追っているものだな」

「そのとおり」タウレクが請け合う。「かれらは自身や《マシン》さえ犠牲にして、とりあえずゴールに到達する。そこにきみがいなければ、的はクロノフォシル・テラに絞られる。粗野な破壊攻撃などではない。わたしもヴィールス・インペリウム同様にはっきりわかるのだが、狡猾な襲撃計画となるにちがいない。テラをある意味で活動停止させ、変化させ、荒廃させるだろう。それはきみにもわたしにも想像がおよばない」

「まったくなぐさめられるよ」と、ペリー・ローダン。「コスモクラートも、すこしもわからないとはな」

タウレクは軽く流して話をつづけた。

「ヴィールス・インペリウムが話したなかで、知っておくべきことがふたつある。十戒の《マシン》の真実の目的がなんであろうと、それはある特定の日時に起きる。きみたちがクリスマスイブと呼ぶ時刻だ。一般的な年代換算では十二月二十四日の晩だな」

「あと三日もないではないか」ペリー・ローダンはアームバンドのクロノグラフを見やった。「そのときは、ひとつだけいえるだろう。メリー・クリスマス！」

「皮肉をいいたいのもわかるが、まったく見当違いだ」タウレクはやさしくとがめた。

「むしろ、聞いてほしい。その出来ごとは……具体的な内容はわからないが……《マシン》がヴィールス・インペリウムのリングを通過して、はじめて起きるのだ」

「で？」ペリー・ローダンはハミラー・チューブのコンソールに数値を打ちこんだ。

「出現したときからのコースと速度を《マシン》が維持すれば、十二月二十四日にヴィールス・インペリウムのリングをかすめる。そういうことだな？　たずねたいのは、そのときまでにわたしがなにをすれば、なにかを変えられるかだ」

「なりゆきにまかせろ」と、コスモクラートはいった。「きみの人類は無力ではない」

「そして、わたしは世界の中心ではない。そういいたいのだろう?」

「きみが不満なのはわかっている」

多重音のシグナルが入り、タウレクは話を中断された。ハミラー・チューブがいった。

「アンティから緊急要請が入りました」と、伝える。「かれらの主惑星トラカラトで、サスクルージャー人のアルマダ部隊に大問題が発生しています。わたしには説明できず、ナコールもそれについてなにもいえません」

《バジス》の主ポジトロニクスは、トラカラトの状況を言葉と映像であらわした。ペリー・ローダンとタウレクはともに、なにもいわずにすべてを確認した。百万都市ユトラクの上をカメの甲羅のような物体がおおい、驚くような光景になっている。

「こうなると思っていた」テラナーはいった。「無限アルマダが分割して重要な星系へ航行するとなれば、問題が起きるだろうと。しかし、ここでは許容範囲と予想をうわまわっている。なにか起きたにちがいない」

「不安なのだな」タウレクが応じる。「この件は、わたしにもまったく説明できない。トラカラトへ飛び、この邪悪な思いがけない事態をかたづけてくれ。わたしはジャヴィアとハミラー・チューブとともに最新情報をたえず送ろう。ひょっとすると、これでハルト人ならばほとんど衝動洗濯に入るような、きみの内心の緊張もほぐれるかもしれない」

「わたしは人間だ」ペリー・ローダンは説明した。「それを忘れないでくれ」

つづいてセンサーキイを押して、ウェイロン・ジャヴィアとのインターカム通信をつないだ。

「《クルクス》のスタート準備を！　アンティを窮地から救うため、一チームをひきいてアプトゥト星系に飛ぶ」

「すでに準備ずみです」《バジス》船長が答えた。「ハミラーから耳打ちされたので」

ペリー・ローダンはいくらか安堵した。これでようやく行動できる。《バジス》でうずくまり、タウレクや銀河系からのニュースを聞くよりほかにすることができたのだ。

自己批判的な考えは忘れてしまっていた。

8

「《ツナミ2》で相対未来へ行くぞ」わたしはスリマヴォ、ジェニファー、キノン・キルギスと戦闘ロボット四体に説明した。「バリアを張っていない《マシン・ブルー》のごく近くまで接近する。いいか、この場所だ」

わたしはスクリーンにうつる、太い中央部分をさししめした。

「映像を見間違っていなければ、ここに多数のエアロックがある。その方法でうまくいかなければ力ずくで侵入し、《マシン》が対抗処置に出る前に《ツナミ2》はすぐに消える。われわれがいかにすばやく徹底して行動し、反応できるかにかかっている。《ツナミ2》は、われわれを《マシン・ブルー》に降ろしたらすぐにまた相対未来にもどるだろう。その後、艦の幹部ととりきめた時間まで、われわれだけになる。現実の現在時間のツナミ部隊とは通信連絡をたもてる」

「それよりも、ミュータントの到着を待ったほうがよくないかしら?」ジェニファー・ティロンがたずねた。「数時間で《マンダリン》が転送機の到達範囲に入るはずよ」

「だめだ」わたしはきっぱりいった。「われわれはすでにずいぶん躊躇し、考えあぐねてしまった。時機を逸する前に時間を使いたい。われわれがなにもできなければ、グッキー、イルミナ、フェルマーがかれらの方法でなんとかするだろう。ヴィールス・インペリウムの予測は知っているな。われわれにもう失うものはないし、ペリーがいらだっているのもよくわかる。かれは結果を必要としている。ＬＦＴ上層部もだ。動ける艦隊はすべて《マシン》の航行方向に集結し、出動のために待機中だ。力の行使が正しいのかどうかは、まだわからないが」

　われわれはセラン防護服を着用した。そのあいだに《ツナミ２》は相対未来に入り、《マシン・ブルー》へのコースをとる。

　突発的な問題もなく、定められた場所に着いた。《ツナミ２》が現在時間へもどったとき、われわれはすでに準備をととのえ、開いたエアロックのわきで待機していた。

　わずか数メートル先に《マシン》の青く輝く外被が見える。最後にのこったこの距離は、セランの駆動装置を使ってなんなく乗りこえられるだろう。

　今回の出動のためにプログラミングされたロボットたちが、わたしよりもすばやく反応した。ロボットはツナミ艦の胴体から《マシン》の外被に向かって突進する。そのうち二体は開口部のしかけを突きとめようとし、ほかの二体は武器を使って侵入を試みた。分子破壊ビームが金属をガス化する。

ジェニファー、スリ、キルギス、わたしがエアロックからすべりでるとすぐに、《ツナミ2》は相対未来に消えた。その瞬間、《マシン》のまわりに防御バリアが展開。わたしのセランがはげしい音をたてた。しかし、キノン・キルギスが計算していたように、われわれはすでにエネルギー・フィールドの内側にいた。

ロボットは三十秒もしないうちに出入口を発見していた。おかげで、より時間がかかりそうな、武器を使っての侵入はしないですんだ。

われわれはそこにあらわれたエアロックを通過。おそらく〇・五Gほどの軽い重力で《マシン》内部のかたい床の上に立つ。戦闘ロボットは投光器を点灯し、周囲のようすを探った。

家ほどの大きさのエアロック室は完全に無人で、動くものはなにもない。背後で外側エアロックが閉まった。数分待つあいだにロボットは散開し、わたしは《ツナミ1》とのハイパー通信連絡を確認した。問題はないが、まさにそのせいでいぶかしく感じられる。さらに、われわれの《ツナミ2》がいなくなってから《マシン・ブルー》の防御バリアがまた消えたと知らされた。

エアロック室からつづく通廊はわずかに天井が低い。アニン・アンの大型船に典型的なつくりだ。

「テク」スリが興奮して伝えてきた。「ここはどこかおかしいわ。わたしたち、幽霊船に乗りこんでしまったのよ」

「なぜ、そんなことを？」わたしはたずねた。

「ここにはだれもいない」スフィンクスは強くいった。「わけがわからない。思考インパルスをまったく感じないの。でも、ありえないわ。アニン・アンが半分はロボットやサイボーグだとしても、感情を生みだす生体要素を持つはず。でも、ここにはなにもない……感情振動を遮蔽（しゃへい）するものもない。《マシン・ブルー》は空っぽよ！」

わたしはわかったことの意味を考えようとしたが、結論は出なかった。ジェニファーもキノン・キルギスも、この予想外の状況を理解できない。

「あたりを一度、確認してみよう」わたしはいった。「全速前進するぞ」

われわれは駆動装置を作動させた。ロボットが先を進み、わたしは方向を指示する。最初の数キロメートルで通過したすべての通廊やホールは、スリマヴォがいったとおり、どこも空だった。技術装置さえ、最低限しかない。反重力シャフトも例外なく動いていなかった。

金属壁が数多くあるにもかかわらず、見捨てられているという感覚がわたしのなかに満たされていった。

「とまって！」突然、スリが大声を出した。

わたしは彼女のそばに飛んでいった。

「そこに、感情インパルスがひとつあるわ」彼女は説明した。「たしかよ。孤独と絶望をあらわしている。ぼんやりしているけれど、たしかにアニン・アンのもの」

「方向は？」わたしはたずねた。

「待って、テク！」スリマヴォは頭をかかげた。「またよ。こっちからだわ」彼女がさししめす側廊は、わたしの探知機によると《マシン》の中心方向につづいている。少女が解説した。「悲しみ、怒り、絶望、憤りの感情ね」

「で、それは一生物だけのものか？」わたしは話をさえぎるようにいった。

「ただ一名よ」彼女は保証した。「混乱している。明白な思考は受けとめられないわ。でも、ひとつだけはっきりしている。自身をカミュヴェルだと感じている」

「なんだって？」

「説明できないわ。わたし、エンパスとしてはまだ未熟だから」

「それなら一度、確認しよう」わたしは決めた。「スリ、ロボットのために方向を指示してくれ」

われわれは全速力で、人けのない《マシン》の通廊をさらに進んでいった。スリは何度も軽くとまり、周囲をたしかめて、推測がますます確実になったと知らせた。

わたしはあらためて《ツナミ1》の艦長と短く対話し、数隻の《マシン》で砲塔がせりだしてきたという情報を得た。テラの艦隊も戦闘準備をしている。時間はあまりのこっていない。

「すぐにカミュヴェルのもとに着くわ」スリが伝えた。

この瞬間、数百メートル先で巨大な鋼製壁があらわれ、通廊をふさいだ。くわえてエネルギー・バリアが光る。われわれは急停止した。

「カミュヴェルはこの壁の向こうよ」スフィンクスがいう。「興奮が感じられる。わたしたちがくるのを知っているのよ。会うのを楽しみにしている。救助を待っているわ」

「すると、この封鎖はかれのせいではないのだな」わたしは推測した。「船自体が反応したのか」

わたしはすぐに戦闘ロボットに攻撃命令をはっきりと伝えた。ロボット四体がエネルギーを一点に集中させる。エネルギー・バリアがゆらいで引き裂かれ、その奥にあった壁がとたんに燃えあがった。たちまち構造亀裂のうしろに大きな穴があく。

ロボットたちはさらに発射しつづけ、とうとうエネルギー・バリアが完全に崩壊した。ちょうどこのとき、《ツナミ1》から連絡が入った。通信はひどく乱れ、ほとんど話が聞こえない。もう一度くりかえすようにわたしはたのんだ。

それがかなうより先に、はげしい震動が《マシン》から伝わるのを感じた。外で観察していた者からあらためて話を聞いたとき、すべてが明らかになった。

十戒の《マシン》がツナミ部隊やそばにいた艦隊を攻撃したのだ。われわれは持ちこたえられない状況となった。アニン・アンや《マシン》は、よそ者がここでかぎまわっているのが気にいらないのだろう。こちらに直接攻撃をしかけないのは謎だが、それも時間の問題だ。この作戦は中断しなくてはならない。

わたしは決断を仲間に伝えたが、こうつけくわえた。

「カミュヴェルはいっしょに連れていこう。なにか情報を得られるかもしれない」

全員で戦闘ロボットがあけた穴を抜ける。そこは巨大なホールだった。どれほどの大きさなのか、見積もることもできない。縦横ともに数キロメートルはあるにちがいない。ホールはロボットだらけだった。アニン・アンのさまざまなタイプが、そのかたちに合わせたコンテナに入って積み重ねられている。

「缶詰に入ったオイルサーディンみたいね」ジェニファーがいう。

解こうとしていた謎は、これによってさらに大きくなっただけだった。生命のないアニン・アンが数百万はいるにちがいない。本当の意味で生きてはいないが、ここでなにかを待っているのだ。

バスタブを逆さにしたようなかたちの一アニン・アンが、反重力でこちらに急ぎ向かってきた。われわれは全員、セランのバリアを作動させていたため、危険はない。さらにスリは、このアニン・アンはわれわれの救助を待っていると話していた。

「異人たちよ！」はなれているうちから呼びかけてくる。「この不気味な謎を解くのを手伝ってくれ。わが技術エレメントの友が全員……」

巨大ホールのどこか遠くの天井で、ビームが光った。アニン・アンがわたしのところに到達する前に、ビームが命中する。カミュヴェルはガス雲と化した。

つづいた連続射撃は、われわれを狙ったものだった。

「生命のないサイボーグたちに接近しよう」わたしは仲間に呼びかけた。「《マシン》の防御システムは、サイボーグを危険にさらしはしないだろう」

掩体（えんたい）を探すあいだ、こちらのロボットが反撃した。これですこしのあいだは安全だ。実際、《マシン》の武器も沈黙した。

わたしは小型の一アニン・アンのからだを山から引きはがした。それは身長八十センチメートルで、太く短い葉巻に似ていた。センサーや触手やアンテナが、からだにひしめきあうようについている。

このアニン・アンをわたしは自分のロボット一体にわたした。

「これを連れていくのだ」戦闘ロボットに説明する。「よく気をつけるように。さ、急いでここを出よう」

山積みのアニン・アンからはなれたとたん、《マシン》の防御システムがまた攻撃してきた。われわれは全力で逃げだした。ロボット二体が先導する。われわれのだれよりも、帰り道をよく考えられるからだ。

いまや、通廊でも防御システムが作動しはじめた。なんとか命からがら切り抜ける。アニン・アンの生命のないサイボーグ体があった巨大なホールからはなれるほど、抵抗は減っていった。

《ツナミ1》とのハイパー通信がふたたび安定した。わたしは《ツナミ2》にとりきめた地点に行くように指示して、その時刻を設定した。

数分後、われわれは無傷で艦内にもどった。生命のないアニン・アンのからだも損傷なく収容できた。

司令室に入ったとき、ネズミ＝ビーバーのグッキーがフェルマー・ロイドとともに実体化し、わたしのすぐ前に立った。

「やあ、テク」イルトはいった。「へとへとみたいだね。もう大丈夫だ。ぼくがついてるよ」

＊

ヒーザーの好意がもっとも強く作用したハルト人のトレイカーは、幸福感に満たされていた。実際、カミュ・ヴリーンと妻のバイラ・ホニムのおかげですぐにそうなったのだ。

さらに六名のヒーザーが指揮船《プリセ》から転送機で《夜の調べ》にやってきて、

これで衝動洗濯寸前のハルト人全員に話し相手がつくことになった。

しかし、ほとんどはカミュとバイラが報告した話に耳をすましている。

「わたしたちヒーザーは、無限アルマダ全体の政策にまったく関与してこなかったの」女ヒーザーはいった。「何世代も前はきっと違っていたのでしょう。伝承では、わたしたちはオルドバンによって選ばれたとされているわ。わたしたちのようなマイクロ機器の製造技術を持つ種族がほかにいなかったためよ。カミュの作曲マシンはそのいい例ね。またメロディを聞きましょうか？」

このおだやかな口ぶりで、不機嫌なハルト人たちは冷静になった。ドラ・ソンの仲間全員が、衝動洗濯や、本来の任務であったじゃま者の追放について考えなくなっていた。

「『過去の翼に乗って』という曲よ」バイラが、ここにいる者たちの沈黙による同意を受けとめていう。ちいさい革袋からおや指の爪くらいの大きさのものを引っ張りだし、床に置いて進んで説明した。「これはわたしの意志に反応して音を出すの」

熟練科学者のティアーズは考えこむように頭を作業アームで支えた。すると、強情な乱暴者でさえ郷愁をかきたてられるようなメロディが響きはじめた。

最後の音がやむと、しばらくハルト人もヒーザーも口を開こうとしなかった。

「この歌はわれわれの願望を表現しているのです」カミュの無骨な顔に悲哀がひろがった。長い鼻が揺れる。「オルドバンの呼び声は……実際はそのメンタル保管庫を経由したナコールの呼び声ですが……われわれのなかにふたたび過去の夢を呼びさましました。故郷へ飛ぶことへのざわつくような憧れが、心にあふれている。だから、すぐにわれわれは、この船団がめざしている星系こそ故郷だと受けとったのです」

「わたしたちは故郷というものを、ただ夢と歌のなかでしか知らないの」カミュが黙ると、バイラがすかさずつづけた。「ここを故郷と信じこみ、あなたがたをこのような問題でわずらわせてしまった。愚直なわたしたちを許してね」

「あなたたちの悲しみは理解できる」ドラ・ソンが答えた。「あなたたちは、ハルト人全員が不可能だと思っていたことをやってのけた。つまり、衝動洗濯をしずめたのだ」

「わたしたちは悲しいわけではありません」バイラとカミュが異口同音にいった。「オルドバンがわたしたちをいつか帰郷させてくれると知っているから。あなたがたの惑星が故郷でなくとも、あなたがたに出会えたのはうれしい」

「おかげでわれわれ、すっかり母性本能をかきたてられた」ティアーズが口を開いた。

「われわれを恐ろしい野獣に変えていたかもしれない衝動洗濯を、あなたたちがとめたということ。ドラの言葉をひとつ修正したい。かれには大目に見てもらおう。本来、干渉することはできないわれわれの衝動洗濯が、なぜ急激に抑制されるのが可能になったのか、考えてみたのだ。バイラトスは、ちいさい機器を作動させたとき、無意識にそれを教えてくれた。あなたたちは明らかに、メンタル・インパルスでもプシオン・エネルギーでもないなにかを発している。自分たちは知らないかもしれないが。わたしはそれをたんに〝好意のオーラ〟と呼びたい。それがわれわれをしずめたのだ。しかし、あなたたちがこの船をはなれたら、衝動洗濯がいっきに噴出するだろうということを、われわれは忘れてはならない」

「では、われわれはここにのこります」カミュはとっさに応じた。「この願いを聞き入れてください。われわれの船団に同行して、ともにさらなる未知へとすこし進みましょう」

「よろこんで承諾したいところだが」ティアーズは大きな頭を悲しそうに振った。「われわれの生活における自然の進行を変えてしまうようであれば、それは適当ではないだろう。はるか彼方からのあらたな友よ、つまり、われわれには衝動洗濯が必要なのだ。認めるのは恥ずかしいが、われわれはあなたたちを追放するために衝動洗濯を使おうとしていた。ハルトの平安はきわめてたいせつなものだから」

「われわれはもう航行をつづけられないと、司令官にはすでに伝えました」カミュ・ヴリーンは応えた。「あらたな目的地が告げられたのです。残念ながら、そこもわれわれの故郷ではありませんが。目的地はテラです」

ドラ・ソンとティアーズは小声で相談し、ほかのハルト人にも伝えた。とうとう、ソンがいった。

「われわれは自然の領分を荒らしたくはない。そのため、あなたたちと別れなくてはならないのをわかってほしい。われわれ八名はハルトへもどるが、ほかの船百隻が太陽系まであなたたちの船団に随行する。随行者の全員が、あなたたちに会えることをよろこぶだろう。われわれの願いもあなたたちとともにある。まもなく故郷が見つかったら、あなたたちにふさわしい平安がひろがるだろう」

　こうしてヒーザーのアルマダ第六二三五部隊と、かれらに同行する種族のはてしない宇宙船の列は向きを変え、ハルト人の黒い球型船百隻にともなわれてテラをめざして飛んだ。

　船団がリニア空間に入ると、ドラ・ソンにさらにある思いが浮かんだ。〝宿所〟だ。トレイカー、シャウト、ティアーズたちが《夜の調べ》の内部設備を破壊しはじめたが、ドラ・ソンはほとんどなにも感じなかった。ドラは、カミュ・ヴリーンから別れのさいにわたされたちいさなものに耳をかたむけていた。衝動洗濯で荒れ狂うハルト人を乗せた《夜の調べ》が帰郷するのを、〝過去の翼〟が助けてくれるだろう。

＊

　ペリー・ローダンはみずから《クルクス》と乗員二十七名の指揮を引き受けた。いまも銀河系のあらゆる宙域から、たえず情報がとどいている。

アルマダ種族と銀河系諸種族とのポジティヴな出会いに関する報告はしだいに増えていたが、太陽系とテラに関するかれの不安はほとんどおさまらない。それでもともかく、ハルト人には予想されていた問題は起こらなかった。アルマダ第三七六部隊のトレイセンとアコン人も持ちこたえたようだ。惑星アコンからは、この船団に随行してアコン艦数十隻がテラの方向へ、平穏のうちに出発していた。スプリンガーとアルコン人についても同じような展開になっている。プロヴコン・ファウストからはまだ情報がなかったが、ローダンはこれについても確信に満ちていた。

しだいに無限アルマダの分散配備の意味についての明確なイメージが浮かびあがってきた。各船団は、銀河系の重要宙域に向かって飛んでいる。ローダンが過去に活動し、〝目に見えない足跡〟をのこしてきたところだ。

アルマダ諸種族はそこで各星系の住民と接触した。それはもちろんつねに滞りなく進むわけではなかったが、折り合いがつけば……スプリンガーがトレフェスカーを相手にうまくやったような方法であっても……船団は護衛隊を得てテラへ飛んでいる。

疑念はなかった。無限アルマダはじきに太陽系のなかやその周囲に集結し、最後から二番めのクロノフォシルを活性化させるのだ。その時間ファクターを左右するのは、ナコールがどのように船団を発進させるか、かれらがどんな困難にあうか、それに、十戒の《マシン》の脅威にさらされている太陽系でなにが起きるかだ。

さらには、アプトゥト星系での問題をいかに解決するか！

《クルクス》はリニア空間から復帰した。スクリーンにアンティの赤い連星がうつる。通信はすぐに成立し、アンティ政府の異種族交流担当官、カラム・エグ・エディトが名を名乗った。

「サスクルージャー人の残虐な暴力行為に対して、ちっぽけなクルミの殻たったひとつにすぎませんな」かれは文句をいいはじめた。「ローダン、どういうことですか？　あなたの《バジス》はどこにいるのです？　艦隊は？　われわれの報告を読まなかったのですか？」

「読んだとも、エグ・エディト」テラナーは冷静に答え、タウレクやテラや十戒の《マシン》について考えていることを悟られないようにした。「わたしがここにきたのは、サスクルージャー人を力ずくで追放するためではない。気を悪くするのはわかっているが、これはただの誤解か間違いにすぎないと、わたしは確信している。この状況に秩序をとりもどすつもりだ」

「そんなのは、現実をまったく見ていない幻想です」アンティは文句をつづけた。

「近くで着陸できるところは？」ローダンは非難を聞き流してたずねた。

「お好きなところへどうぞ！」担当官は通信を切った。

《クルクス》のポジトロニクスが、トラカラトについて既知のデータをスクリーンにうつした。ペリー・ローダンは町の南端の開けた場所を選んだ。

「そこに着陸しよう」かれがいったとき、エグ・エディトからふたたび通信が入った。

「急いでください、テラナー！　ユトラクの気温はすでにマイナス十七度までさがっています」

「もうすこし平静をたもったほうがいいぞ、友よ。そんな早わざは無理だ」

通信はまた急に切れた。

スクリーンに、謎のカバーの下に消えた町の、最初の現実の映像があらわれる。ペリー・ローダンは、この現象を自身では説明できないのを認めるしかなかった。しかし、サスクルージャー人と接触し、この問題をかたづけられるといいのだが。

《クルクス》がトラカラトに着陸した。

専門家たちは準備をととのえ、ローダンはサスクルージャー人に呼びかけるために通信装置をセットした。

9

わたしは本当に疲れはてていたため、ミュータントがここにそろってきわめてうれしかった。ローダンの情報に反して、ラス・ツバイもあらわれた。かれがどこに滞在していたのか、わたしはまったく知らない。しかし、いまとなっては、それもまったく関係なかった。時間がますますなくなっていたためだ。

四時間後には《マシン》船団はテラまで五十光時の位置に到達するだろう。この位置はヴィールス・インペリウムのリングのポジションに匹敵し、そのときなんらかの決定的なことが起きると予言されている。技術エレメントの目的を知るために、このわずかな時間を有効に使わなくてはならない。

わたしはジェニファー、スリマヴォ、キノン・キルギスとともに体験した《マシン・ブルー》での出来ごとをミュータントたちに伝えた。グッキーとフェルマー・ロイドは明らかに話を信じていたが、ほかの巨大船でも似たような状況だとは思えないという。

「あんたはこの紺色の星みたいなやつに引きつけられたんだね」ネズミ＝ビーバーが一

本牙をむきだした。「ぼかあ、ぜんぜん魅力なんて感じないけど。だから、あっさりひとつ選ぶよ。《マシン・レッド》がいいな。そこでだれかに会ったら、なんでもひとりでやらなくていいから、すごく役だつだろう。イルミナ、よければいっしょにきてもらえない？」

「どうしてそんなに堅苦しいの、ミスタ・グック？　もちろん行くわよ」

「いつか大きくなったら、もっと礼儀正しくなりたいな」グッキーはふざけていった。

「ラス、あんたはどこに行く？」

すでに何度もフェルマー・ロイドとともに難関を乗りこえてきたアフロテラナーは、スクリーンにうつる十二隻の宇宙船をまだじっと見ていた。

「カッツェンカットはどこにひそんでいる？」かれはたずねた。

「シュプールがまったくないんです」わたしは認めるしかなかった。「未来でも探したのですが、なにも見つからなかった」

「かれは自身のエレメントを遠方からでも制御できるからな」と、フェルマー・ロイドが思いださせる。「わたしは《マシン・イエロー》がいい。ラスに連れていってもらえば、アニン・アンの思考をすぐに探れるだろう」

ミュータントたちへの信頼感が、わたしにあらたな希望をあたえた。スリマヴォがこの出動の相談にくわわらないのが、すこし不思議だ。なにかいいたいように、わたしのまわりをまた歩きまわっているのだが。

「戦闘ロボットを数体、連れていってください」わたしは提案した。「わたしが出動したさいにはよくやってくれた。理由は不可解ながら、《マシン》の反応は恐ろしくゆっくりです。だが、その防御システムが目ざめれば、慎重さが必要になる」

「了解。行くよ！」グッキーがイルミナ・コチストワの手をとり、反対側の手でわたしに同行したロボットの一体をつかんだ。「ぼくはレッド、あんたはイエローだ！」そういうと、ラス・ツバイを見やった。こちらはすぐにうなずいた。

「〝ぼくは〟じゃなくて〝われわれは〟よ」メタバイオ変換能力者がいう。

「わかってるって」グッキーの本領発揮だ。かれはわたしに呼びかけた。「行ってくっかんね。十戒の〝排泄物〟がなに考えてるのか、すぐにわかるよ」

「もう！」イルミナの声が聞こえ、彼女とイルトとロボットがテレポーテーションで姿を消した。

ラス・ツバイとフェルマー・ロイドが無言でそのあとを追う。

わたしは通信装置の奥にすわっていたが、思ったとおり、グッキーは到着すら知らせてこなかった。

「うまく到着した」フェルマーの声がした。「ここはすべて平穏だ。あとで連絡する」

「ひと休みね、テク」スリマヴォがわたしの肩に手を置いた。「わたしのなれなれしい態度がすこしばかげていたのは認めるわ。どうか忘れて。あなたって、ティーンエイジャーだったことがないように見えるんだもの」

「なにが望みだ、スリ？　わたしが忙しいのがわからないのか？」

「わかるわよ。ほかにもわかっているわ。あなたは混乱して、不安になっている」

「ほかには？」

「わたしのこと、厄介者だといっていいのよ、テク」すっかり真剣なふりをして彼女はいった。「あなたがそう感じているのがわかる。なにが望みかって？　わたし、あなたを助けたいの、テク。あなた、どこか変よ。いっしょに原因を探しましょう」

わたしは彼女の顔が見えるように成型シートを回転させた。

「いいか、お嬢さん」わたしの声はすこししわがれていたが、説得力をこめた。「もちろん、わたしはストレスを感じているが、ほかはまったく問題ない。それはのみこめたか？　わたしの状態は最高ではないかもしれない。というのも、外では恐ろしい《マシン》十二隻がテラをめざして飛んでいるし、わずか数光時の距離には、人類が乗ったテラ船数千隻が群がっているのだからな。ミュータントが《マシン》の意味を解明できなければ、自暴自棄の戦いに突入することになる。わたしたちのときはうまくいかなかったし、連れてきた生命のないサイボーグからなにかわかるかどうかも、まだ結果待ちだ。ひょっとすると、きみは……」

「それで、あすはクリスマスイブだしね」彼女は乱暴にわたしの話を打ち切った。「そういいたかったわけ？　問題なのはあなた自身よ、ロナルド・テケナー！　どこか変よ！　わからないの？」

自分は完全に大丈夫だと感じていたので、わたしにはなんの話かさっぱりわからなかった。防衛と十戒の《マシン》の行動解明に関して、ペリーから重要な役目をまかされたのだ。この決定的な瞬間に、このような無意味な議論に巻きこまれたくない。

「ひょっとすると、きみはすべてをまったく違うふうに見ているのかもしれないが」わたしはかなりあけすけにいった。「なにしろ、ほんものの人間ではないからな」

彼女は額に指をやった。こちらの頭がどうかしていると思っているしぐさだ。

「ジェニー」わたしは呼んだ。「スリを連れていってくれ。でないと、さらに不幸が起きる！」

「強制されなくても行くわ、ロナルド・テケナー。でも、また話し合いましょう。あなたは混乱していて、事態を見通せていないから、まったく助けを受けつけない。誓っていうけど、あなたがわたしに謝る日がかならずくるわ」

「出ていけ！」

スリマヴォは昂然と頭をあげて出ていった。そのとき、ハイパー通信装置が作動する。ミュータントからの報告かと期待したが、ゲシールだった。ローダンの妻もやはり疲労困憊のようすだ。

「ヴィールス・インペリウムの情報よ」ゲシールは端的にいった。「《マシン》船は危険でもあり、偽装でもある。十一隻は偽装で、ただ一隻だけが、ほんものの危険を意味する。以上よ」

「どの船です？」わたしは問いかえした。

彼女は通信を切った。それ以上はだれもわからない」

「一隻というだけ。それ以上はだれもわからない」

彼女は通信を切った。わたしは額の汗をぬぐった。わたしは本当に混乱しているのか？つねに土台としてきた洞察力を失っているのか？あるいはスリマヴォの子供らしい悪ふざけで、実際に神経過敏になっているのか？

わたしはひと言、ののしり文句をつぶやいた。ジェニファーでさえ、それを聞いていたら立腹しただろう。

キノン・キルギスが司令スタンドにあがってきた。かれは軽く周囲を見まわすと、即座にわたしのところにきた。

「ココの言葉です」両手に印刷フォリオを持っている。「危険なのはただ一隻の《マシン》だけで、ほかは付属物か陽動作戦です」

「知っている」わたしはこの瞬間、この有能な火星人が拍子抜けしたのを感じて、否定するように手を振った。わたしは、とりみだしているのだろうか？

「では、きっとこちらもご存じですね」ココのキキはいった。「危険なのは《マシン・ホワイト》だということも」

「それは知らなかった」わたしはあわてて認めた。「ごくろう」

フォリオを手わたされ、声に出して読んでみる。

「《ツナミ2》のコントラ・コンピュータより、一アニン・アンを調査して解析した結果の要約。

当サイボーグにはカボチャ大の空洞がある。かつてそこにはこのアニン・アンの脳があったにちがいない。どこにそれが消えたのかという点については確認できない。しかし、すべてのアニン・アンがサイボーグ体から脳を除去され、カミュヴェルが例外だったということはありえる。評価することはできないが。

ロボット体のポジトロン部分は作用をとめられていた。プログラミングを読みとることはできるが、意味をなさない未知のコードに変えられている。すべてのデータはココ判読者のキノン・キルギスによってコントラ・コンピュータにうつされ、コントラ・コンピュータは次の結論に達した……ただし、はっきりいっておかなくてはならないが、ツナミ艦の連結ポジトロニクスはこれを否定している。

結論。アニン・アンの脳は〝邪悪な目〟となり、《マシン》一隻に乗りこんでいる。〝邪悪な目〟という名前は、変容したアニン・アンが選んだと思われる概念に近いものだ。この名前は通俗的な非現実性に即しているので、つまりは推測だが。そのアニン・アンが乗っているのは、ほとんどわきのほうで目立たないように見える《マシン・ホワイト》である」

「詳細が必要ですか?」ココ判読者はたずねた。

「いや、大丈夫だ」わたしはなかばトランス状態で答えた。自身のなにかがおかしい。はっきりわかるが、いったいなんだろうか? 「ずいぶん助けになった、嘘判定ドクター」

突然、外で《マシン》が砲撃を開始した。わたしのツナミ部隊は後退し、防御バリアの出力をあげる。テラ艦隊は、十戒の《マシン》に対する攻撃命令を受けてもいないのに反撃した。はるか遠くにいたにもかかわらず、同じように砲撃されたのだ。

わたしは頭痛がした。ミュータントからの連絡はない。

《マシン・ホワイト》にアニン・アンの脳だと? わたしは考えた。いったい、どういうことだ?

スクリーンに目をやる。無意味な戦いがくりひろげられている。また上品とはいえない言葉が口からもれた。

つづいて、三つの出来ごとが同時に起きる。

まず、テラ艦隊とGAVÖKの援助部隊が後退した。

次に、ミュータントがわたしのそばで実体化した。かれらはセランに守られたのだ。戦闘ロボット二体については破片となってもどってきたが。

第三の出来ごとは、まったく無害に見えたが、ずっと重要なことだった。それが《マシン》船団にあらわれたはじめての変化だと気づいたとき、ココのキキのことを考えずにはいられなかった。

これまで陣形の〝左翼〟で目立たずにいた《マシン・ホワイト》が、列をはなれたのだ。《マシン》船団のちょうど中央部分に向かって飛んでいる。ほかの船は例外なく《マシン・ホワイト》から同じ距離をとり、この船をかこんだ。

ココは正しかった！　しかし、残念ながら、その情報がとどくのが遅すぎた。

「なにもなかった」グッキーがいった。「レッドにあったのはスクラップだけ。いいかえると、生命のないアニン・アンといくつかのつまらない防御システムだね。思考インパルスもまったくなかったよ、テク」

「右に同じ」フェルマー・ロイドが知らせ、ラスの隣りで物質化した戦闘ロボットの残骸を残念そうに見た。

「つまり、イエローも同様だ」アフロテラナーのテレポーターがいいそえた。雪のように白い歯が光る。

わたしにとって全体像ができあがった。技術エレメントの目的について望んでいた情報は得られなかったが、自分がすべきことはわかった。

ハンザ司令部およびLFTの幹部たちと短く話す。この対話のあいだに《マシン・ホワイト》は何重もの防御バリアにつつまれた。一方、ほかの巨大船はすべての砲台をくりだしている。わたしは状況処理のための作戦を提案し、自分で指揮をとることにした。

ミュータントは転送機で《ツナミ12》のアイナー・ハレのところに行き、ラス・ツバイだけがわたしのもとにのこる。わたしはふた手に分かれて《マシン・ホワイト》に行くつもりだった。技術エレメントの巨大船がヴィールス・インペリウムに達するまでにのこされた時間が過ぎ去る前に、より多くの知識を得るためだ。

突然、スリがわきに立っていた。

「わたしを連れていって」彼女は懇願した。

自然とわたしはうなずいていた。

アイナー・ハレは実証されている方法で《ツナミ12》で相対未来から抜けだした。

約束どおりの時刻だ。ラスはスリとわたしを連れていった。

「砲撃開始！」わたしは悪名高い微笑をほかの者たちに見せた。

何千条ものエネルギー・ビームが《マシン・ホワイト》の多重エネルギー・バリアに命中し、約束の時刻きっかりに構造亀裂を発生させる。

ラスがスリとわたしに触れ、ジャンプした。

なにが起きたのか、あとには断片しか思いだせなかった。関係性がほとんどなかったためだ。

＊

グッキーを見ると、身をかがめている。

スリマヴォは悲鳴をあげた。

イルミナは雷に打たれたかのように倒れた。

ラスは顔を恐ろしくゆがめた。

わたしはそこに唯一ある空間を眺めていた。はてしなくひろがる巨大な一ホールだけで《マシン・ホワイト》はできていた。

自分が、ミツバチの群れに入りこんだ埃（ほこり）の粒のように感じる。だが同時に、その光景の誤りを修正した。

群れているミツバチを数えようとしても、もはやそうすることもできなくなっていた。数十億はいるにちがいない。膨大な量が空間に満ちている。

わたしは、床に倒れている自分自身を見ていた。あふれるメンタル・エネルギーの根源的な力が、わたしの自我をからだから引きはがしたのだ。

自身がまたからだにもどったのがわかった。

グッキー、ラス、スリ、フェルマー、イルミナが、必死でこの精神的な攻撃から身を守ろうとしている。

アニン・アンたちが見えた。

でこぼこした小柄なからだは、おそらくわたしの前腕よりすこし長いくらいの卵形だ。アンテナ数本を突きだし、群れとなって浮遊している。

このからだにあいた穴の奥に、塊りのようなものが泡立っているのが見える。わたしはキルギスのココの予測を理解した。〝邪悪な目〟だ!

よくわからない技術的進化の発展段階をたどったアニン・アンの脳にちがいない。その〝邪悪な目〟がある唯一の開口部の奥で塊りがうごめく光景に、嫌悪感がこみあげる。

わたしには終わりが見えた。

自身の終わりが見える。

ネーサンがわれわれ全員に警告しようとしたのだと、ホーマー・ガーシュイン・アダムスが説明するのが見える。

スリが二重に見える。

彼女はわたしを助けたいと思っている。

だが、アニン・アンのメンタル襲撃に耐えられず、錯乱状態になっているようだ。

それから、しばらくなにも見えなくなった。

グッキーが大声をあげてラスを乱暴につかむのが見えた。ふたりがこちらのからだに触れようと身を投げだしてくる。テレポーテーション。

つづいて《ツナミ2》の司令室と、疲れはてて倒れたミュータントたちが見えた。

マイクロフォン・リングをつかむ。ランプがつき、話すことができるようになった。

「アニン・アンは《マシン・ホワイト》にいる。数十億、数百億単位だ！　かれらの目的はわからない……」

ジェニファーがわたしに腕をまわしたときさえ、なぐさめにはなったが、自分が洞察力を失っていたということしか考えられなかった。なぜだ？　どうしてだ？　メンタル襲撃の最中、《マシン・ホワイト》について考えたときに、ホーマーの姿が頭に浮かんだことを思いだす。

なぜ、かれ自身だったのだ？　なぜ、かれがとっていた銀色の幻影のような姿ではなかったのか？

もはや時間感覚はなかったが、《マシン》が五十光時という魔の境界のすぐ手前にいるのはわかっている。その瞬間がくるまで休息することを、わたしの潜在意識が、抵抗できないやり方で命令した。

意識と神経が共同作業できなくなり、わたしはあっさり倒れてしまった。

10

トラカラトに着陸してから一時間、ペリー・ローダンは《バジス》のスタート前と同じように抜け目なく動いた。ユトラクのカバーは調整されたフォーム・エネルギー製だと、同行チームの科学者たちが確認できたものの、それが判明してもなんの役にもたたない。武器を使用しての処理は論外だった。その下にいる町と住民に被害をあたえる恐れがあるからだ。

サスクルージャー人はいまのところ、いかなる通信にも応じていなかった。

トラカラトの政府代表者たちはペリー・ローダンをきびしく糾弾（きゅうだん）した。テラナーは《バジス》にハイパー通信をつなぎ、タウレクと話した。しかし、コスモクラートもほうにくれるだけだった。アルマダ部隊はまったく無反応なのだ。

「外に数名のアンティがいます」《クルクス》の人員が伝えた。「どうしても話がしたいとのことです。驚かないでほしいのですが、若者たちです」

ペリー・ローダンは立ちあがった。

「いま行く」いくらか気分がよくなったようだ。「すくなくともしばらくはあのエグ・エディトにわずらわされずにすむだろう。太陽系からなにかあらたな報告はあるか？」

「《マシン》はあと二時間で、危機的な距離である五十光時に到達します」

テラナーは艇をはなれた。外では十名ほどの若者が待っていた。痩軀の若者ひとりが近よってきた。

「わたしはボネメス・バアルです」いくらかぎこちなく自己紹介する。「われわれはいずれもユトラクの外に住んでいるか、あるいは壁ができたとき外側にいました。ホログラム技術で実験をするホビークラブの会員です。われわれ、ひょっとするとひとつ失敗したかもしれません。サスクルージャー人を追いはらおうとして、会員たちで発光文字をつくったんです。その後はなにもしていませんが、すこし困惑しています。われわれの友好的でない態度のせいで、サスクルージャー人を怒らせてしまったかもしれない。ひょっとするとそのせいで、われわれは閉じこめられたのかもしれません」

ペリー・ローダンはかぶりを振った。

「きみたちのせいだとは思わない。なにか根本的な間違いがあり、アルマダ種族がその犠牲になったのだと考えている」

空中でぱちぱち音がして、真っ赤な文字があらわれた。

〝違う！〟

「ホログラムの文字だ」ボネメス・バアルは驚いた。「あれはわれわれがつくったものではないと断言します」

「もしかしたら、かれかもしれない」大柄の少女がいった。

「だれのことだ?」テラナーはたずねた。

「会員のひとりです」アンティの若者が説明した。「われわれ、真のホログラム技術者と呼んでいますが、その正体はわかりません。かれがこの文字をつくったのでしょう。かれの精神力ならひとりでつくれますから」

ペリー・ローダンは眉間にしわをよせた。〝そのとおりだ! かれはさらにできる!〟

発光文字がかたちと色を変えた。たたくようなスタッカートの音が鈍く響くと、虚無から一立方メートル大のさいころがいくつも物質化し、《クルクス》に浮遊してきて、数秒で艇をおおってしまった。ペリー・ローダンは立ちつくし、まったく反応することができなかった。

アームバンド・テレカムで乗員に呼びかけるが、応答がない。

「気をつけて!」ボネメス・バアルが大声を出した。

ペリー・ローダンは振りかえった。

宇宙船の包囲に使われなかった黒い塊りが、ひとつ飛んできたのだ。ひと跳びでよけたが、塊りはすばやく回転し、かれの背中に命中した。

テラナーは前方に倒れ、からだを支えられず、湿ったくぼみに顔からはまった。悪態をついてからだを起こそうとしたとき、周囲が暗くなり、肘がかたい障害物にぶつかった。もうすこしでぬれた地面に引っくりかえるところだった。

コンビ銃の光で謎の一部が解決された。自分は四角い箱のなかにいたのだ。上は閉じているが下は開いている。ユトラクと《クルクス》をかこんだ壁と同じ材質のようだ。結論はローダンには明らかだった。未知の敵の攻撃対象になったのだ！ 疑うこともせずに誤った確信からトラカラトに飛び、罠にはまってしまった。タウレクが警告していたものか？

かれにはわからなかった。なにもかも混沌としていてる。

コンビ銃で壁を破壊しようとしたが、その熱が耐えがたく、すぐに断念することになった。壁に体当たりしてみるが、まったく無意味だ。

ブーツの下でなにかが動くのを感じて見おろすと、底の部分も封鎖されたのがわかった。箱は大きく揺れて動きはじめ、ローダンは側壁にはじきとばされた。

自分はおろかだったと悟った。《クルクス》に戦闘スーツを置いてきてしまったのだ。しかも、いまは窒息する危険まで生じていた。閉じこめられた四立方メートルの空間にはかぎられた酸素しかない。

動きがはげしくなり、どこかに運ばれていくのだとわかった。空気がむっとしてきたのに気づき、興奮した呼吸をおさえる。錯乱した思考が頭のなかを駆けめぐるが、解決法は見いだせない。

いよいよ呼吸困難になり、必死の試みを開始した。分子破壊ビームをもっとも細くセットして、発射口を壁に押しあて、発射装置を作動させる。エネルギー反射にはねとばされたが、指ほどの大きさの穴があいた。穴が冷えると、口をそこに当てて新鮮な空気をむさぼるように吸いこんだ。

つづいて穴から外を眺めたが、トラカラトの青い空しか見えない。ところが、穴はまだあいているのに突然、視界が暗くなった。閉鎖空間に運ばれたにちがいない。

足もとで急に床が開き、側壁も消えた。かれは冷たい石の地面に勢いよく倒れた。

そこは洞窟だった。すみでたいまつが燃えている。その数メートルわきに、からだをフードつきの長いマントでおおった一生物が立っていた。

「こんにちは、ペリー・ローダン」おだやかな声が聞こえた。聞いたことのないアクセントだ。「わたしの計画はうまくいったようね。あなたがやってきたんだから」

「きみはだれだ？」テラナーはたずねて、相手に二歩近よる。すると、光る透明壁が眼前に生じた。

「わたしは真のホログラム技術者」からだをおおった者は答えた。「わたしがひとりで精神力を使い、ユトラクの町とあなたの宇宙船にカバーをかぶせたの」

「なぜだ？」

「あなたにきてほしかったから、ペリー・ローダン。あなたと知り合いたかった。そして、あなたはここにいる。わたしが封鎖を除去したから、あなたには話す時間がある」

「用件は？」

「いっしょにきて！」

マント姿の者は薄暗がりのなか、出入口に向かった。それとともに光り輝く透明壁も、つねにローダンとのあいだをさえぎるように動いていく。

テラナーはひそかにアームバンド・テレカムの送信キイを作動させた。《クルクス》がシグナルを探知して、すぐにこちらを発見してくれるだろう。

二名は外に出た。洞窟の暗がりで見たときよりも相手がずっと小柄で弱々しいことに、ペリー・ローダンは気づいた。

「向こうへ行く」フードを深くかぶった生物はいい、まばらに建つ家々をさししめした。そのうしろの遠くないところに、ユトラクの町が見える。不気味なカバーは本当に消えていた。

さらに見えたものがあった。宇宙船二隻がこちらに突進してくる。《クルクス》と、それに平行して飛ぶサスクルージャー人の小型船だ。マントで姿をかくす者はそれを見逃していた。

パラライザーの高くうなるような音がして、マントの者は地面に倒れた。同時に輝く透明壁も消滅した。

ローダンはテレカムを堂々と使って《クルクス》に呼びかけた。

サスクルージャー人がようやくコンタクトに応じたことがわかった。宇宙船二隻が着陸。ペリー・ローダンは麻痺して倒れた者に近づいた。フードをはずし、その頭をかたむけ、自分を引きずりまわした者を確認する。

それはそばかすだらけの痩せた、十五歳ほどのアンティの少女だった！

＊

若者たちが《クルクス》でやってきて、ボネメス・バアルは真のホログラム技術者が妹のパシシアだと知った。意識を失った少女を、みなで家に連れていく。そこには困惑しきった父親がいた。

パシシアは意識をとりもどすと、疲れきっていたが、みずから説明した。

「ペリー・ローダン、あなたをトラカラトにおびきよせた理由は、このとんでもない家族よ。母はなんでもいいなりで、父は3Dキューブが神かなにかのようにじっと見るばかり。だれもボネメスやわたしのことを本気で気にかけていない。わたし、真のホログラムを発生させられるという自分の能力に気づいたとき、アルマダ種族の到着を利用してあなたをここにおびきよせようと決めたの。ものすごくおかしいと思われるかもしれないわね。こんなことしてしまって、悪いと思ってるわ。本当に重要なことは、あなたが十戒と格闘しなくてはならない外ではなく、わたしたち自身のなかで起きているのよ。人類だろうと、アンティだろうと、サスクルージャー人だろうと」

「きみはそんなふうに思うのか」ペリー・ローダンは驚いた。「だが、この瞬間、太陽系の全人類が大きな危機に脅かされているのだぞ。なのにわたしはここで、驚くべき能力を発達させたひとりの少女につきあい、時間をむだにしてしまった」

「ほんもののホログラムを使う実験はきびしく禁じられているの」と、パシシア。「わたしは罰せられるわ。そして、二度とこんなことができないように治療される」

「残念だが、お嬢さん」ペリーはかぶりを振った。「きみはある意味で正しい。わたしも自分の道を進むのが、ある意味で正しいのだ。じつにみごとにわたしを引きずりまわしてくれたが、感謝さえしているところもある。いまはここにとどまれないが、次にトラカラトにくる機会があったら、ゆっくり話をすると約束しよう」

「ペリー・ローダンのような人がいつ、幼いアンティの少女のために時間をとれるの？」パシシアはたずねた。

　ローダンは答えられなかった。

　家の前にグライダー数機が着陸した。制服姿のアンティが何人か入ってくる。カラム

・エグ・エディトもいた。異種族交流担当官は満面の笑みを浮かべてペリー・ローダンと握手しようとしたが、ローダンはそれを拒否した。大きな損失を出すことなく問題がかたづいたのは、自分の功績ではないからだ。

「パシシアには恩情をかけてくれ」かれはアンティにたのんだ。「彼女は家庭環境と並はずれた能力の犠牲になっただけで、まだ子供だ。それを忘れないでほしい。わたしはまたくる」

カラム・エグ・エディトはすべて承知した。ローダンはかりたてられるように出ていった。

少女には寛大さを見せたが、実際のところ、より重要な任務があるのだ。パシシアはなんといっていただろうか？〝本当に重要なことは、あなたが十戒と格闘しなくてはならない外ではなく、わたしたち自身のなかで起きている〟

《クルクス》は数分後に《バジス》に向けてスタートした。

ペリー・ローダンがキャビンで鏡をのぞきこんだとき、太陽系から最初の報告が入った。《マシン》がヴィールス・インペリウムのリングに到達したのだ。

ペリー・ローダンは自分の泥まみれの顔を見つめた。

＊

ロナルド・テケナーとジェニファー・ティロンはまだぼうっとした状態で、十戒の《マシン》がはじめた最後の儀式を体験していた。ふたりは《ツナミ2》の司令室にすわり、特務艦の宙航士たちの出動をここから制御しようとしている。

《マシン》がヴィールス・インペリウムのリングを通過したとき、それははじまった。LFTの危機対策本部は総攻撃を決定していた。その結果は不確実だと、ネーサンが予測したにもかかわらず。

かつての準惑星である冥王星の破片とヴィールス・インペリウムのあいだの虚無空間で、全艦隊が隊列を組んだ。ただツナミ艦隊だけは、正反対の方向から《マシン》の巨大船団を攻撃する。

「これらの作戦は結果を待つまでもなく、無意味です」キノン・キルギスはスマイラーに伝えた。「艦載ポジトロニクスもわたしのココも、ネーサンの予測が正しいと確認しました」

「見通しは暗いわね」ジェニファー・ティロンがいった。「〝邪悪な目〟の狙いは、いったいなんなのかしら?」

実際、急襲攻撃がはじまったとき、成功を信じる者はだれもいなかった。数秒後、《マシン》の周囲に星をも引き裂くエネルギー・ポテンシャルが生じる。だが、巨大船は一隻も反撃してこない!

エネルギーがかき消えると、すべての《マシン》が防御バリアのなかで無傷でいるのが見えた。

二度めの攻撃は《マシン・ホワイト》に集中した。それをツナミ部隊が援助する。攻撃力は比較的ちいさく、ほとんど重要な役割をはたさないが。

この急襲は完璧だった。《マシン・ホワイト》の防御バリアが明るく光って崩壊し、燃えあがる。つづいて、あらたな謎を呼び起こす事態が起きた。

《マシン・ホワイト》が消え去るのと同時に、ほかの巨大船十一隻が、攻撃も受けていないのに爆発したのだ。巨大な火の玉が宇宙空間にふくれあがり、ひとつにまとまると、テラから五十光時はなれたところでも超新星爆発のように見えた。

この瞬間、テラの夜の側でクリスマスの祝いがはじまったのは運命の皮肉だった。テラにあらたなベツレヘムの星が誕生したのだ……しかし、この星は科学者たちに謎を課すことになる。

太陽系の無数の計測地点で測定と分析がおこなわれた。銀河系船団の宇宙船は自爆した《マシン》の残骸を探したが、徒労に終わった。

テラの子供たちがクリスマスの星だと勘違いしてよろこんだのと同じとき、専門家たちは驚愕につつまれていた。

《マシン》の自爆で放出されたエネルギーは、フィクティヴ転送機が発生させるハイパーエネルギーに等しかったのだ！

さらに明白な結論が出た。

銀河系船団の攻撃をきっかけに、《マシン・ホワイト》はほかの巨大船十一隻と合体して、ひとつの巨大フィクティヴ転送機のような役割をはたしていた。《マシン》のすべてのエネルギーが転換された結果、《マシン・ホワイト》の中身が一度に放射されたということ。

その目的は、太陽系か、重要なクロノフォシルのテラでしかありえない。

〝邪悪な目〟はテラに向かったのだ！

テラに飛ぶ夢の蛾

クルト・マール

登場人物

ガルブレイス・デイトン……………………宇宙ハンザの保安部チーフ。感情エンジニア

エギン・ラングフォード
タルボット
ペトルク
……………宇宙ハンザ要員

フレッド・ゴファー…………………………コミュニケーション専門家

ボンタン・ブリアン…………………………同。フレッドの同僚

クローン・メイセンハート…………………星間ジャーナリスト

リムザー・カップ……………………………エプサル人。無限アルマダ歓迎艦隊の司令官

カッツェンカット……………………………指揮エレメント

1＝1＝ナノル…………………………………技術エレメント

1

フレド・ゴファーは魅せられたように、大きなヴィデオ・スクリーンの上を緩慢に動く奇妙な飛行物体を観察していた。この未知物体のうしろにかれが送ったゾンデが、三十メートルもはなれていない距離から映像をつくりだしている。追加した拡大装置で物体の詳細を、目の前のデスクにあるかのように、興味に応じて確認することも可能だ。こうして魅了されているあいだに計測データが出た。未知物体はエネルギーをまったく発していない。まるで、フレドの機器が正確に記録していないかのようだ。

物体はごつごつした卵形で、全長半メートル、直径四十センチメートル。両極から合計六本のアンテナに似た棒が突きだし、扇の骨のようにひろがっている。しかし、もっともフレドが興味を引かれたのは〝眼窩(がんか)〟と名づけた部分だった。金属のような未知物体の表面にあいた、透き通った長円形の穴だ。拡大装置のスイッチを入れれば、この長円形の部分の奥にスペクトルのあらゆる色に輝く泡立つ液体が見える。なかには生物の脳のようなかたちの物体が浮いていた。眼窩からは七本めのアンテナが伸びている。

フレド・ゴファーがこの映像を見るのははじめてではない。数時間前、このような物体が数十億もの数でテラにあふれたことを考えて、かれは背筋が寒くなった。これは〝テクノ衛星〟と呼ばれていた。外観がテラの初期宇宙飛行段階の原始的な人工衛星に似ていて、アニン・アンすなわち技術エレメントの脳をなかにひそませているからだ。

この映像の周辺には藪におおわれたマツの森があった。フレドはこの地帯を知っていた。ラガディ・ギャップ……〝ぼろぼろの峡谷〟という意味の浅い谷で、ゆるやかな傾斜がラグ・マウンテンの斜面に向かってつづいている。

突然、テクノ衛星が鋭く飛行角度を変えたとき、魅了されていた観察者の視点が科学者の興味に変わった。物体は急激に左に向かい、ゾンデにあやうく衝突するほど接近した。一瞬、映像のなかで物体は、スクリーン全体を占めるほど大きくなる。ゾンデはぎりぎりの瞬間に反応して、回避した。

「グーバー、見たか？」フレドは興奮した。

「未知物体がコースを変えました」グーバーという名のコンピュータの声が答えた。

「そのとおりだ。コース変更した位置が気になる。なにか特別なものがあるのか？」

グーバーは即答しなかった。吟味すべきデータ資料はかなりの量がある。

「第二級のインターセクトです」五秒後にグーバーは説明した。「アシュビルの3チャーリーとガトリンバーグの5タンゴがまじわる場所です」

フレド・ゴファーは満足そうにうなずき、その目に奇妙な光が宿った。

「物体はいまはどこを飛んでいる？」かれはたずねた。

「ガトリンバーグです。5タンゴに沿って飛んでいます」

「ありがとう、グーバー」

フレドはシートに深くもたれた。ゾンデがまだ忠実に追っているテクノ衛星の映像からは、もう目をはなしていた。かれは気づいたのだ！　テクノ衛星はテラの通信センターをめざしている。アシュビルは第一ランクの中継局だ。3チャーリーすなわち3Cの記号であらわされる周波は、かれの記憶では同期衛星に向けられている。ガトリンバーグはあまり重要でないローカル局で、そこがどこに向けて放送しているのか、フレドは知らない。グーバーからなんなく知ることはできただろうが、それはどうでもよかった。ガトリンバーグの5タンゴすなわち5Tとアシュビルの3Cからくる周波が、ラガディ・ギャップでまじわるということ。そしてテクノ衛星は、専門用語でインターセクトと呼ばれる交点を使ってあらたなコースに入ったわけだ。

自分の発見がどれだけ重要なのか、フレドには確信がなかった。テクノ衛星がテラの通信センターの周波に特別に引かれているのは、これを調査しはじめたころからわかっていた。しかし、テクノ衛星の内部で起こっている現象や、フレドの機器が記録したその散乱インパルスはきわめて複雑で、テクノ衛星が本当にふたつの周波の交点でしめされたような原始的な探知機だとは信じがたかった。ひょっとすると、テクノ衛星がこの方法を使用しているのは、それがとくに単純だからというだけかもしれない……

「ゾンデはどうしますか？」グーバーの声で思考が中断された。「呼びもどしましょうか？」

「ああ、そうしてくれ」フレド・ゴファーは答えた。「この数時間で入ったデータの解析もたのむ」

映像が消えた。ゾンデはテクノ衛星の追跡をやめて、帰路についた。

＊

フレド・ゴファーに会った者は、目の前にいるのがきわめて成功したコミュニケーション分析専門家だとはほとんど考えもしないだろう。フレドは外見をまったく重要視していない。ファッション業界のえりすぐりの製品や美容学の進化した方法を用いても処理できないような野暮ったさを、生来の姿に持っていることが関係するかもしれない。フレドはとうに、生まれつきの平静さでそれを受けとめていた。衣服は着古されたぞんざいなもので、フレド・ゴファーの前にすでに数名が使用した大昔のオートクチュールの製品の印象を与えた。

フレドは身長百九十二センチメートル。あまりに痩せていて、あわてて動くとからだがふたつに折れてしまいそうだ。スコップのように大きな手のついた長い腕が、細いからだの両側から明らかに不安定に垂れさがっている。歩くさいには、だれにもできないような揺らし方で足を踏みだし、仲間の笑いを誘った。頭は奇妙に角張っていて、明らかに長すぎるかたちをしている。高い骨張った額の上には、手入れのいきとどいていない髪の房が束ねられていて、その色はありえないような黄色だ。さらに、フレドは最近、のちに受け入れなくてはならなくなるある理由から、頭の中央をすっかり剃りあげ、トンスラという髪型にしている。

つまり、フレド・ゴファーはかかしのような印象の男なのだ。その知的なブルーの目を見てはじめて、この男のなかには、外見が物語るよりも多くのものがあるとわかるのだった。

かつてフレドはプシ・トラストの一員だった。きわめて強く発達した精神プロジェクション能力を持つ。ほとんど暗示力といってもいいだろう。職業はコミュニケーション物理学者で、LFTの最高教育機関で訓練を受け、規則的に追加コースを受講してつねに知識を深めていた。専門家の世界では評判が高かったが、ひそかに〝アイデア狂〟と呼ばれることもある。学問に対するかれの考え方は、その生活スタイルと同様に異端だった。そのため、かれがスウィンガー集団の一員だというのも、だれも驚かない。先にあげたトンスラは、これに深く関係していた。

かれにしめされる賞讃のために、フレド・ゴファーはつねに仕事にこと欠かない。その孤独な作業は確固とした経済的基盤の上になりたっていた。アパラチア山脈の麓にある広大な家に第一級の個人用ラボを設立し、そこで研究に専念し、依頼者の希望をかなえることができている。しかし、NGZ四二八年のクリスマス、かれはウォーリーにある複合研究施設を訪問することにした。そこはかれの個人用ラボよりも設備がすぐれている。熱狂的な祝日がはじまれば、ラボをぜんぶひとりで使えるだろうと考えたのだ。

テクノ衛星にとりくみはじめて数時間で、フレド・ゴファーはその専門家になっていた。ただし、かれ以外はそれを知らなかったのだが。フレドは誇示することをしない。奇妙な未知物体を研究してほしいという依頼はだれからもこなかった。知的満足を得る以外になんの代償ももとめることなく、かれは独力で進めたのだった。

要求した分析をラボ・コンピュータのグーバーが出したとき、かれは最悪の不安どおりだったのを確認した。テクノ衛星の内側で展開するエネルギー・プロセスの複雑性は息をのむようなものだ。ゾンデが記録してグーバーが再現したシグナルのシュプールは、電磁波の大部分だけでなく、ハイパーエネルギー周波のスペクトル範囲も幅広くカバーしていた。テクノ衛星の散乱インパルスからその機能や目的を推論しようとすると、とてつもない問題にぶつかることになる。

フレド・ゴファーはそれにとりくもうとしていた。収集したデータを分析とともに適したデータ記憶媒体にうつすようにグーバーに指示して、家でさらに調査できるようにする。帰路につく前に、いつものように専門家協会のコンピュータ掲示板を確認した。とくに興味もなく眺める。きょうのような祝日にはなにも驚くようなことは出ていないだろう。

しかし、突然、かれは驚いた。そこにはこうあったのだ。

〝テクノ衛星を追跡します。応募者は三四四＝CQ＝七一一二へ至急連絡を〟

*

小型スクリーンが三つあらわれ、女ひとりと男ふたりがうつった。三名は活発に会話している。女は魅力的な外見だった。すくなくともフレドの好みにとってはだが。黒髪でグリーンの目、東洋風の顔つきをしている。フレドがスイッチを入れると、彼女はこう話していた。

「……シャオフェン盆地までは高度を充分たもって。そこで閉じこめられるかもしれない。わたしは……」そこで彼女ははっとなった。「ちょっと待って。だれかが回線に入っているわ」

「きみたちに招待されたので」フレドはいった。「追跡に参加したいのだが」

この瞬間、自分の映像が話し相手三名のヴィデオ・スクリーンにうつったのが、かれにはわかった。

「まあ」グリーンの目をした女はいった。

フレドはこうした反応には慣れている。

「きみはだれだ？」グレイの髪をした男がたずねた。

フレドは名前を名乗った。三名ともはじめて見る顔だ。コミュニケーション分析の関係者なら、フレド・ゴファーのことは知っているにちがいないのだが。虚栄心はないものの、相手の反応がなかったことには失望した。

三名も自己紹介した。グリーンの目をした女はエギン、グレイの髪の男はタルボット、地味な外見の若者はペトルクといった。フレドは、三名が名字を名乗らなかったのに気づいたが、それについてとくに考えることはしなかった。科学者のあいだでも、昨今はこういうことがあるのだ。

「協力してくれるのか？」タルボットがたずねた。

「できないなら、ほうっといてくれよ」ペトルクが無愛想につけくわえる。

「ま、おちついて」フレドは外見に似つかわしくない、甲高い声でいった。「まず、どんな状況か知らなくては」

かれにもっとも好感をいだいたらしいエギンは、こう答えた。

「わたしたち、キョウライ山脈をさまよっているテクノ衛星にゾンデを送ったの」

フレドは〝さまよう〟という言葉が正しい表現なのか、疑いを感じた。

「3＝デルタ＝ノヴェンバーだ」と、タルボット。

それは経緯線網をあらわしている。フレドはコンピュータに合図して、キョウライ山脈を自分のために探させることにした。

「罠を設置するのにぴったりの土地よ」エギンがつづける。「ただ、どうやっておびきよせたらいいかがわからない」

「なにかいい考えは？」せっかちにペトルクがたずねる。

「近くに中継局はあるか？」フレドは確認した。「送信機は？　衛星の地上ステーションは？」

「大きな中継地はチェンドゥ、地元局はシュエチャンです」グーバーがかわりにこの質問に答えた。

「インターセクトは？」

「ひとつ」グーバーは座標を告げた。

「きみたちの追っているテクノ衛星の位置にどう一致する？」フレドはあらためて三名のほうを向いた。

エギンは明らかに自身のコンピュータで作業していたようだ。驚いた表情をしている。「テクノ衛星はチェンドゥの5ヴィクターに沿って飛んでいる」彼女はいった。「気づくべきだったのに」

「インターセクトまでどれくらいだ？」フレドがたずねる。

「いまの速度だと……あと四十分」

「できるだけ急いで小型発信機をセットして、シュエチャンが一時的に切断されるようにしてくれないか？」

ペトルクは、どんな計画があるのかと質問した。

「長々と説明していると、時機を逸する」フレドは立腹して答えた。「いいな？」

そこからはじまった短い会話で、タルボットはテラニアに、ペトルクはボンベイに、エギンはブリズベンにいるとわかった。ここでかれらがしている共同作業は、まさに惑星規模の試みだった。フレドは、エギンが急に自分に尊敬のこもった視線を向けているのを感じた。ふたりの男も感銘を受けているようで、ペトルクの反抗的な態度がしだいにおさまる。さらに三名にとっては、シュエチャンを一定期間のあいだ切断状態にし、罠として適した位置に可動小型発信機を置くのは容易だということも判明した。フレドは驚いたが、それについてもとくに頭を悩ませなかった。

「われわれの希望は、テクノ衛星がインターセクトをコース変更に使うことにかかっている」かれは説明した。「これはかれらの探知方法のひとつなんだ。衛星が小型発信機の放射でうまくコースを変えてくれれば、あとは下にそれずに発信機に向かっていくことを願うだけだ。できればいくつか、充分な強度のある拘束フィールドを発生するロボット・プロジェクターをセットしてほしい」

「それはわたしたちにはすこし荷が重すぎるわ」エギンがいった。皮肉をこめているわけではなく、話しながらほほえんでいた。

「なにもかも、すこしばかり目新しいことだからね」と、フレド。「われわれ、自分たちの知識を用いてとりくまなくてはならない」

すでにタルボットが活発に動きはじめているのに、フレドは気づいた。かれには理解できない指示を発している。すぐにグレイの髪の男はまたカメラに向かった。

「すべて開始できた」明らかに満足そうにいう。「シュエチャンは二十分でオフラインになる。それまでに小型発信機は適した場所に設置される。拘束フィールド・プロジェクターも動きだした。いざとなったら、シャオフェン盆地全体を封鎖できる」

フレドはうなずいた。

「きみたちはいったん動きだせば、完璧にかたづけられるのだな」この言葉にはからかいとともに賞讃の意がこもっていた。

＊

映像は遠方のキョウライ山脈からとどいた。十二月二十六日の朝日が昇り、四川省中心部の岩の斜面を金色に染めている。監視ゾンデのズームが作動した。岩だらけの地形がわきに流れて、アンテナに似た棒が七本ついた、金属の輝きを持つ卵形物体をカメラがとらえた。物体は山間の深い谷の何重にも裂けた地面の上を、中くらいの速度で低く飛んでいる。

「インターセクトまであと四分」タルボットがいった。

「いったい、あなたはどこに住んでいるの？」エギンがフレド・ゴファーにたずねる。

「サンディマッシュ」フレドは答えた。

エギンはかれを一瞬、驚いたように見つめると、高い笑い声をあげた。

「なんてこと、あなたにぴったりね。そのサンディマッシュって、どこにあるの？」

「ノースカロライナ州だよ。プラン15＝フォックストロット＝ヤンキーだ」フレドは、エギンの言葉の意味をどう受けとめたらいいかわからないままいった。

「プロジェクター配置」ペトルクが伝えてきた。両手をこすっているのが見える。「これでもう逃げられないぞ！」

一秒一秒が耐えがたいほどゆっくり流れていく。全員が、テクノ衛星をうつすヴィデオ・スクリーンに目を向けていた。交点でコースを変化させられるだろうか？　望みの方向に向かうか、それとも下にそれてしまうか？　もし方向を変えたとして……シュエチャンの信号からはずれて、この地域にこれまでなかったべつの信号に乗っていることにテクノ衛星は気づくだろうか？　衛星はテラや近隣惑星の通信システムについてどれだけ知っているのだろう？


　突然、フレドはあることを思いついてたずねた。

「小型発信機はどんなプログラムを発信するんだ？」

　タルボットは肩をすくめて答えた。

「なにか教育用プログラムだと思う。とくに選ばなかった。どうしてそんなことを？」

「ただ……」フレドは話しはじめたが、すぐにエギンに中断された。

「インターセクトまであと十秒！」

　目がひりひりするのを感じるほど緊張しながら、フレドは大きなスクリーンを見つめた。コンピュータは、ふたつの周波が交差する位置を赤い点でしめしている。テクノ衛星は緩慢な動きで飛んでいた。七本のアンテナがキョウライ山脈の斜面をのぼるさわやかな風を受けて、すこし震えている。眼窩に似た開口部は前を向いていた。色鮮やかな培養液に浮かぶ脳が見える。フレドは、自分が両手のなか指とひとさし指をクロスさせているのに気づいた……この迷信のような古いしぐさは、たいせつな望みがかなうようにという願いだ。あと数メートル……

赤い点がテクノ衛星の中央と重なった。金属物体が停止する。どちらに向かうか、考えているかのようだ。一秒がはてしなく長く感じられる。フレドはクロスした指が痛くなった。それほど強く力を入れていたのだ。そしてようやく……突然、またテクノ衛星が動きはじめた。明らかにいっきに速度をあげている。まちがいなく、可動発信機が出す周波にしたがって進んでいた。

望みどおりの方向に向かっていく。罠にはまったのだ！

「これで破滅だぞ！」ペトルクは歯ぎしりしていたが、活気づいたよろこびの声が聞こえた。この若者が話すのを聞けば聞くほど、フレドは不快感をいだいてしまう。テクノ衛星の卵形容器に入っているのは有機体なのだ。いかにそれがテラの住民に敵対しているとしても……ペトルクの声からあふれる殺意に、フレドはがまんならなかった。

テクノ衛星はシャオフェン盆地にそびえる、高さ四千メートルの岩だらけの峡谷を突き進んだ。盆地の奥には可動発信機がある。テクノ衛星はそこまで二十メートルの距離に接近したところで突然、停止した。罠に気づかれたという考えがフレドの頭をよぎる。

「拘束フィールドは作動準備中」エギンが事務的に伝えた。

「発射しろ！」ペトルクが大声を出す。

「捕らえるんだ」と、タルボット。

テクノ衛星の周囲の空気が輝きはじめた。拘束フィールド・プロジェクターは盆地の岩壁にかくされていて、異質な物体にはみじんもチャンスはない。拘束フィールドのせまい檻のなかで、衛星がはげしく動くのが見える。フレドは同情をおぼえそうになった。パニックになったような動きが、罠にかかったキツネのそれを思わせたからだ。

フレドは立ちあがった。

「さ、これで捕らえられた。きみたちはあれを運んできて、調査するのか？」

「あんたには関係ない！」ペトルクがかみつく。

「おやおや……」

「かれの話は聞かないで」エギンがなだめた。「わたしたちは、まさにそうするつもりよ」

「わたしもテクノ衛星に興味がある」と、フレド。「それで、これを捕らえるためのアイデアを考えたんだ。きみたちには、調査結果をわたしに教えるくらいの借りがあるのではないかな。いったい、きみたちは自分を何様と思っているのだ？」

「どうするかは、いずれわかるだろう」タルボットが無愛想に答える。フレドの質問は聞き流していた。

*

「さて、ヴィデオ・フリークとニュース狂のみなさん。みなさんの病的な好奇心を満たすため、最後の〝韋駄天レポーター〟がまたもや騒ぎのなかに飛びこみました。メディア・テンダー《キッシュ》のショーを聞いて、見て、感じて、においをかいでください。ヴォノ宙域からのライヴ放送です。近いうちに、無限アルマダの巨大艦隊の到来が予期されるところで……」

フレド・ゴファーは、自分が現実からはなれたことを感じた。頭の中央にある円形の地肌部分に、スウィング冠を押しつけたのだ。この冠から極細のゾンデが出てきて、頭皮と有機的に結合する。丈が長く、帯で結ぶカフタンに似た衣服のひだに、フレドは冠の動きを制御するリモコンをしまっていた。このリモコンと冠が、任意のメディア・チャンネルのシグナルを強化してプシ活性化振動をもたらす。すると受信した放送が、まさにレポーターがいったように五感のうちの四つに作用するだけでなく、直接的に視聴者の意識に語りかけるのだ。

それがスウィンガーの秘密だった。スウィング冠とリモコンを使い、メディア機関の放送を聞いて、見て、においを感じて、触れるだけでなく……〝実際に体験する〟のだ。フレドがスウィングの楽しみにふけりたいときに入る、暗くした部屋のいつもの環境が眼前から消え、閃光で目がくらむ。巧みにプログラミングされたオルガンの視覚的な効果がひろがり、かれはメディア・テンダー《キッシュ》の制御室に入っていた。すぐ目の前で、風変わりなスーツを身につけたクローン・メイセンハートが跳びまわっている。かれの通信服のひだには、特殊効果を発生させる小型機器が数十もしまわれていた。

フレド・ゴファーは、スウィンガーになったとき……それは、迫る無限アルマダの到来をめぐるメディア騒動が過熱しはじめた数週間前のことだ……最初のうちはあらゆるニュース放送をかたよりなく楽しんでいた。しかし、やがてクローン・メイセンハートが目にとまるようになった。視聴者につねにニュースをもたらすために銀河系をひろく飛びまわるレポーターのなかで、明白に道化役のチーフとなっている。メイセンハートは実際、まさに自己中心的な道化師だ。しかし、かれはつねに競争相手よりもすこしだけ早く刺激的な出来ごとが起きた場所に着くことができ、そのレポートの方法は視聴者を魅了する。かれが怠惰な視聴者を非難すると、すくなくともかれのテラの視聴者は恐ろしい戦慄に震え、自分が未来永劫の罰を申しわたされる救いがたい頽廃者の群れにならんでいるように感じるのだった。

このクローン・メイセンハートという人間とは、フレド・ゴファーはおそらくうまくやっていけないだろう。長い銀髪の小太りな男は滑稽なほど派手な服を着用していて、二十四時間のうち何度も着替え、フレドが礼儀や品位と考えるものとはみごとに正反対のふるまいをする。だが、レポーターとしては卓越していた。かれがくりひろげるメディア・サーカスの魔法から、根本的に子供のようなフレドの気質は逃れることができなかった。

韋駄天レポーターはいま目の前に立っていたが、フレッドのほうは見ていない。フレッドはいま、自分がいると思っている場所に、実際はいないからだ。この幻影を伝えているのは、スウィング冠だった。メイセンハートが使うたくさんの香水のうちのひとつの強烈な香りが鼻をつく。レポーターが足踏みをするたび、光の当たる角度によってスペクトルのさまざまな色に輝くケープが揺れる。

「さて、みなさん」かれは甲高い声でいった。「理性あるまともな人類には、なぜ無限アルマダがこのような芝居をするのか理解できません。すでにソル＝アルファ・ケンタウリ＝シリウス宙域にあらわれたというのに、無限アルマダはなぜ直線コースをとらないのでしょう？　どうしてこのサーカス巡業は、アルマダを無数の編隊に分裂させ、それぞれが独自のコースをとるようにしたのでしょうか？　だれが理解できますか？　みなさん、わたしが考えるに……」

かれは途中で話を中断した。明るい目がフレッド・ゴファーに鋭く注がれる。

「頭からそのいまいましいものをはずすんだ」メイセンハートがそういうのが聞こえた。フレッドは完全にスウィング冠の影響下で《キッシュ》の制御室にいると感じているだけだ。なのに、メイセンハートが冠に気づくとは奇妙だと感じた。

「いやだ」頑固に答える。

「では、引きちぎってやる！」レポーターがどなりつけた。

未知の影響でニュース放送の受信が妨害されたのをリモコンが感知し、スウィング冠を作動停止した。未知の影響がメディア・チャンネルのシグナルに混入するのは危険だ。精神的なダメージを負う恐れがある。リモコンの気づかいによって、突然フレド・ゴファーの目の前から《キッシュ》内の光景が消え、いつもの暗い部屋の見慣れた環境にいるのがわかるという結果になった。スウィング冠が発生させる効果は非常に現実的なものだったので、まずは目を暗がりに慣れさせなくてはならなかった。自分の前にだれか三名がいるのがぼんやりわかった。冠が頭のてっぺんからはなれて、頸をすべり、椅子のクッションに落ちる。

「もういいだろう」がらがら声がいった。

フレドは耳をそばだてた。だれが話しているのだろう？　最近、この声を聞いたことがなかったか？　複合研究施設で！　テクノ衛星を捕らえるのを手伝ったときだ。ペトルクの声……

「ライトをつけてくれ」フレドは怒ったようにいった。

天井の照明プレートが光った。フレドはまぶしくて、片手をかざした。ひろげた指のあいだから、ペトルク、エギン、ポター・マクファーソン巡査の姿が見えた。ポターはサンディマッシュの典型的な田舎者で、小太りで風雨に痛めつけられた顔をしている。

かれは困ったようにいった。

「すまない、フレド。かれらを家に入れるしかなかったんだ。きみはまったく呼びかけに応じないし、かれらは必要な委任状を持っていた」

フレドは拒絶するように手を振った。

「あんたを責めはしないが、ポター」かれはいった。先ほどまで体験していたスウィング・ショーのせいで、まだ頭がぼんやりしている。「ふたりのうちひとりは外に出してほしかった。エギンだけで充分だ」

「彼女を知っているのか？」ポターは驚いてたずねた。

「もちろん。だんだんわかってきたぞ……」

「長々としゃべるな」ペトルクが乱暴にいった。「立って、いっしょにくるんだ」

「ちょっと、黙って」エギンが口をはさんだ。「いまいましい秘密警察みたいなことをしないで」

「きみたちは政府関係者なんだな？」フレドはたずねた。

「ああ、かれらはそうだ」と、ポター。「外でまだひとり待っている。かれが家に入るのをきみが許すかどうか、確信を持てなかったから」

「なんだと？　ほかのふたりはすでにここにいるんだぞ！」フレドが唖然とした。「まったく、その男もなかに入れてくれ」

かれは背すじを伸ばした。重要なことが迫っているという気がする。ポター・マクファーソンは足音を響かせてはなれていき、すぐにもどってきた。長身瘦軀の男を連れている。その顔には平静さと自信がみなぎっていた。黒髪は短く切ってある。

フレド・ゴファーは椅子から跳びあがった。

「ガルブレイス・デイトン」押しだすようにいう。

長身瘦軀の男はゆったりうなずいた。

「そのとおりだ。異存がなければ、きみと話をしたい」

*

「考えついていてもよかったんだ」フレド・ゴファーは苦々しくいった。「三名の自称・専門家はわたしの知らない者たちで、かれらもわたしの名前を聞いたこともなかった。ということは、政府関係者でしかありえない!」

「そんなシニカルな態度を見せなくてもいいでしょう」エギンはそういったが、ほほえんでいる。

いま、ペトルクはここにいなかった。フレドを見るガルブレイス・デイトンの目つきは独特で、かなりの共感がこもっている。

「実際、そのとおりだ」驚くほどやさしい声でいった。「政府の者は自分たちの目的ばかり考え、市民世界との接触をなおざりにする。われわれはそれを認識していて、その傾向をあらためようとしているのだがね。きみの件では、われわれは幸運だった」

フレドは周囲を見まわした。十五分前にはまだ地球の裏側にいたとは信じがたい。ガルブレイス・デイトンのような男には国家の転送ネットによる交通路が無制限に開放されているが、フレド・ゴファーが転送機を使ったのは、まだ生涯で二度めだ。

テラニアは夜だった。間接照明のやわらかい黄色の光が、品よくしつらえた部屋を満たしている。宇宙ハンザの保安部チーフは、ここを自分の執務室だといった。

「幸運？　どうしてまた？」フレドはたずねた。

「われわれがきみとコンタクトしたのは、きみのイニシアティヴによってだった。それは認めなくてはならないだろう。きみは明らかにテクノ衛星について、われわれの専門家よりもくわしく知っている。ぜひ協力をたのみたい」

「いつでも」フレドは淡々と答えた。「どっちみち、ずいぶん長くテクノ衛星にとりくんできましたから。報酬を得ることもなく」

ガルブレイス・デイトンの顔を、おもしろがっているような笑みがかすめた。

「ある程度の報酬については、われわれはなんなく話をまとめられるだろう」

「どんな協力をすればいいので？」と、フレド。

「きみはテクノ衛星を迷わせ、罠に誘いこむ手段を開発した。われわれ、分析のためのさらなるサンプルが必要だ」

「なぜですか？　きのう、あなたがたが捕らえたものはどうなんです？　なにも情報を得られなかったので？」

一瞬、デイトンはその話題に入ろうとしたようだったが、エギンのほうを向いていった。

「きみが自分で話すか？」

「汚れ仕事はいつも女の役というわけですね」エギンがからかう。「では、フレド。きのう捕らえたサンプルはだめだったわ。わたしたちはぬかりなく調べたのだけど、まったく徒労だった。テクノ衛星はこちらの計測機器に影響をあたえるの。機器は壊れてしまうか、無意味なデータをはじきだすだけになる。どのように作用しているのか、説明はつかないけど、ともかく大規模なエネルギーが関わっているはず。テクノ衛星は最後には自滅したわ。ガンマ線で分析するために真空室に入れたところ、衛星はガンマ線機器をエネルギーで満たしたの。その結果、機器は爆発し、真空室は内破して、テクノ衛星は押しつぶされた。一巻の終わり。のこったものには、化学者や冶金学者は興味を感じるかもしれないけど、わたしたちにはもう意味はない」

フレド・ゴファーは不機嫌そうにかぶりを振っていった。

「できるだけお手伝いします。ただし、なんの役にもたちそうもありませんが」

かれは自身の理論を説明した。テクノ衛星は非常に複雑で、百万とはいわないが、数千通りもの探知システムがそなわっている。

「二度めは同じ罠をしかけても無駄です」と、かれは最後にいった。「おそらくテクノ衛星はたがいに連絡し合い、経験を交換している。それをお忘れなく。あなたがたが実験対象におこなったことは、きっとすべてのテクノ衛星に伝わっているでしょう」

「同感だ」と、ガルブレイス・デイトン。「だが、どんなにわずかなチャンスも見逃すわけにはいかない。われわれはすくなくとも、実験をしなくてはならない。たとえそれが自己満足にすぎないとしても」

かれはフレドを苦々しく見つめた。

「了解しました」サフラン色の髪の男はいった。

*

こうしてフレド・ゴファーは一週間の半分をテラニア・シティですごすことになったが、気分のいいものではなかった。まず、努力はすべてむだになるだろうとわかっている。さらに、国有の科学機器類に関するきびしいお役所的な規定にも反感をおぼえた。かれは自由な研究者タイプで、作業時間も自分で調整している。毎日八時に仕事をはじめるなどというのは、専門外の役人の空想から生まれた気まぐれに感じられるのだ。しかし、かれはテクノ衛星の捕らえ方を学ぼうとしている者たちの習慣にしたがわなくてはならなかった。官僚機構に自分を合わせるよりほかない。この暗闇の三日間で唯一の光明は、エギン・ラングフォードとたびたび関われたことだった。

NGZ四二八年十二月三十一日、フレド・ゴファーはちいさい町サンディマッシュの、孤立しているがのびのびした場所にもどってきた。天候制御者のネーサンは、旅行者たちが望むものを提供していた。脚が埋もれるほどの新雪がアパラチア山脈をおおっている。フレドは薪を使った古風な暖炉で炎をかきたてると、テラニアの公僕科学者について考えた。多くのテクノ衛星をできるだけ罠におびきよせるための小型発信機のネットワークをつくろうと熱心に働く者たちには、ほとんど同情のような気持ちさえわく。その努力が徒労に終わるのは、かれにとっては確実だった。

スウィング・セッションの欲求を感じる。四日以上前に思いがけず私的領域に押し入られたとき、スウィングの最中だったのだ。かれは、クローン・メイセンハートがこのあいだにどんな悪ふざけをたくらんだのか知りたかった。無限アルマダの編隊が特別な障害を受けることなく航行しつづけられる状況なのかどうかという点については、興味がない。むしろ、テラニアにいたあいだにものたりなかったのは、クローン・メイセンハートの道化じみた行為がなかったことだ。それをまた楽しめると考えたのだった。

スウィングの危険は知っている。リモコンを最大限にセットしてしまうと、理性が混乱することがよくあるのだ。そうなると脳に障害がのこり、ドナーや代替物による脳移植によってしか解決できない。スウィングという行為は適量を守らないと中毒性がある。

だが、フレド・ゴファーは典型的なスウィンガーではなく、少量を楽しみ、理性が耐えられないものをもとめたりはしない自信があった。ほかの熱狂的な者のようにスウィング冠をつねに身につけることはせず、スウィング・セッションへの欲求を感じるときだけにしていた。同様に、冠を羽根や金糸などのアクセサリーで飾ることもしない……それがスウィンガーの習慣なのだが。もともと地味なプシ増幅器に、スウィング冠という名前をつけたのはかれらだ。

　スウィングという行為は違法だと、フレド・ゴファーはよくわかっていた。治安維持局はこの法律違反をおおらかに見逃しているし、典型的なスウィンガーは羽根や金糸で飾った冠を身につけたまま、だれにもじゃまされることなく公けの場で活動しているが、フレドにはどうでもいい。かれがスウィング・セッションするときは、家の私的領域……この目的のためだけにわざわざつくった暗い部屋でおこなうからだ。

　クローン・メイセンハートはいつものようにその場にいた。状況に応じて七色の声を持つといわれる言葉の響きがハイパー周波を通じてとどろき、リモコンによってとらえられ、スウィング冠に転送される。映像がフレド・ゴファーの意識に浮かんだ。メディア・テンダー《キッシュ》の制御室にまた自分があらわれると思っていた。しかし、かわりにかれは、メイセンハートとともに暗黒の宇宙空間を浮遊していた。未知の星々が遠方で輝き、暗闇に一惑星が三日月状に光っている。環境適応人の故郷世界エプサルだ。

クローン・メイセンハートは特製セランを着用していた。そこにはかれの目的のために、あらゆるコミュニケーション機器とメディア業のトリック機器がそなえつけられている。韋駄天レポーターは移動手段として、反重力で動く無蓋の貨物用プラットフォームを使用していた。メディア・ネットにつながっていなかったら、疑いの余地なくより快適な移動方法を選んでいただろう。しかし、こうすることで、レポーターというのはきびしく不自由な部分が多いものだと視聴者に納得させられるのだ。

「上下左右にも前後にも、はてしなく宇宙の深淵がひろがっています」かれの声がとどろいた。「まったくおちつかない状況です。極小デブリがただひとつ衝突するだけで、クローン・メイセンハートは終わりでしょう」喉の奥から発せられるようなしわがれた哄笑がフレド・ゴファーの耳をつく。「しかし、あなたがたにはそんなことはどうでもいいですよね？　メディア・フリークのみなさんは、韋駄天レポーターの喉から血が噴きだすのを待っている……」

フレドは身震いした。そんなくだらないことを信じる者は、メイセンハートにかつがれてもしかたない。極小だろうと、より大きなものだろうと、デブリであっさり破壊されてしまうセランなどないのだ。しかし、ものごとの背景を説明するさいの韋駄天レポーターの報道方法は、真実に忠実かどうかという点に重きをおいていない。

「人類は……」かれはこの言葉に皮肉をこめて強調した。「……到着予告を受けとりました。アルマダ第三七四〇部隊のケイマス人種族の指揮のもと、無限アルマダの二千の部隊が、じきにヴォノ宙域にあらわれます。通常の場合と同じように、恒星ヴォノをめぐる惑星エプサルの住民はアルマディストに挨拶する歓迎委員会を設置し、かれらに随行してソル＝アルファ・ケンタウリ＝シリウス宙域まで飛ぶ艦隊を提供しました。このサーカス巡業は依然、全体として不可解です。わたしはさらなる情報を得るため、自分のちっぽけな乗り物で歓迎艦隊の旗艦に向かい……」

突然、理由もなく方向が変わり、フレド・ゴファーはうろたえた。数秒が過ぎてようやく、妨害作用によってべつのチャンネルに切り替えられたことがわかった。いま、かれは暗い空間にいた。目の前には、暗い赤みがかった光を浴びた壇上で銀色に輝く何者かの姿が浮いていた。ヒューマノイドに似た輪郭だ。くぐもった声が話しかけてくる。

「ロアの意志を無視する者たちに苦しみを！　罰せられずに罪をおかせると思うなかれ！　おまえたちのフンガンとマムボは宇宙の権力とつながっており、おまえたちの魂になにが起きているか知っている。おまえたちは罰せられるだろう……」

「……旗艦の司令官、リムザー・カップと話し、このばかげたことにどんな意味があるのか訊きましょう」クローン・メイセンハートの声がして、フレド・ゴファーは急に惑星エプサルの周囲の空間にもどったのを感じた。「結局かれは、自分がなぜ一万名以上のエプサル人とともにテラに向かって出発するのか、知っているにちがいありません……」

「サンテリアの復讐は恐ろしい。黒い悪魔の意志に逆らう者に苦しみを。オービアに罪をおかした者に呪いあれ……」

「やめろ！」フレドは大声を発した。

リモコンがその命令を感知して、スウィング冠の動きをとめた。ちいさいディスクが頭皮からはずれてすべりおちる。フレドは伸びをした。額に汗が浮かんでいる。この醜悪なゲームを一分以上つづけてはまずい。ふたつのメンタル投影シーンのあいだをあわただしく行き来するのは、理性に負荷をかけ、意識崩壊につながる。

しばらくフレドはしずかにすわり、混沌とした思考がおちつくまで待った。しだいにわかってくる。コミュニケーション理論のあらゆる法則にしたがえば、起きてはならないことが起きたのだ。リモコンが……あるいは、なんにせよ多様な通信に使われる受信機が……勝手にチャンネルを変更することなど、考えられない。どのチャンネルも、放送のデータ流でつねにくりかえされる独自のビット・シークエンスで特徴づけられている。シークエンスがとまったり、べつのものに切り替えられたりした場合、受信機は自動的にスイッチを切るはず。

それが起きなかった。フレドのリモコンはあわただしい速度でふたつの異なるチャンネルを交互に受信し、処理した。ひとつではクローン・メイセンハートがニュースを報道し、もうひとつではうさん臭いカルト集団の教祖が信者に恐怖を感じさせようとしているようだった。

あとになってもフレドは、最初は狂気の沙汰だと思えた疑念をどうして自分が持つにいたったのか、説明できなかった。意識のなかでなぜか思考が実体化したのだ。直観ということもできたかもしれない。非論理的な思いつきだ。ともかく、非論理的でもそうでなくても、フレドはすぐにこれを追究することにした。

その後、不安にかられたのだった。

＊

技術的に発展した文明がひろがる世界ではどこも、その空気には通信技術の信号があふれている……技術化の当初は電磁インパルス、のちの発展段階には電磁インパルスとハイパーエネルギー・シグナル流の混合したものとなるだろう。テラのような、技術的に高度に発展した文明を持つ人口密度の比較的高い世界では、コミュニケーション需要のためだけでも、地域ごとの処理量は莫大な規模に達していた。あらゆるコミュニケーション出力を吸収して入力電流に変換する受信機を開発することに成功すれば、各家庭に必要なのは電力不足を補うための機器だけとなるだろう。

　技術の発展と大量のコミュニケーション需要の関係は非常に典型的なものだったため、テラ宇宙飛行の初期段階にはすでに、単調につづくスペクトルのはしにある非熱的な不均等を手がかりにして、はるか遠くの技術文明世界を特定する方法が開発された。

　フレド・ゴファーが数日前にテクノ衛星の現象にとりくみはじめたとき、最初の関心事はこの衛星の放射を〝背後でざわめく〟テラの通信技術から切りはなすことだった。これまではまったく失敗つづきだ。衛星の放射を通常の送信機が発するインパルス流と区別する、わずかな特徴を確認することには成功していたが、すべてのテクノ衛星が同じ特徴をしめすわけではない。それでもそうしたデータ流の統合された、確実にテクノ衛星から発しているスペクトルを、検出機器で把握することはできる状態だった。

　いま、かれはこの検出をはじめていた。同時にスウィング冠をまた頭にのせて、リモコンに指示する。

「最低限の性能でたのむ。カルト集団の教祖とクローン・メイセンハートのあいだでかきまわされたくないからな」

　リモコンは命じられたように設定した。エプサル人に知性が欠けている点について考えを述べつづける韋駄天レポーターの話が聞こえてくる。その合間に、カルト集団の教祖が信者に地獄の業苦を派手に説明しているのが聞こえたが、フレドが連れ去られることはなかった。周囲の環境はしっかりのこっている。この数分間、かれはスウィンガーではなく、宇宙の深淵からのニュースを受けとるために通信技術を使う、ごくふつうのテラ市民だった。

テクノ衛星の統合されたスペクトルが、部屋にいるフレドの眼前でホログラム映像になる。かれはもうすこしで、自分の疑念はばかげていたと納得してしまいそうだった。異物体がこれほど早くテラの通信規定を解読し、通信網に活発に侵入することなど、できるはずがない。

しかし、その後、統合されたスペクトルに不規則な間隔でピークが生じ、高く伸びてわずか百分の一秒後にふたたび消えた。スウィング冠が伝えてくる放送に慎重に注意を向ける。数分後、確信した。クローン・メイセンハートからカルト集団の教祖に……あるいは逆方向に……受信が切り替わるたび、スペクトルにピークがあらわれる。

それは不安を感じさせるものだった。テクノ衛星は、テラのコミュニケーションを操作する信号を習得したのだ。こちらのリモコンが教祖の放送をメイセンハートのニュース番組と同じように処理したということは、確認のためのビット＝シークエンスが交換されたか、書き換えられたとしか考えられない。そうした交換が起きるたびに、統合されたテクノ衛星のスペクトルにピークが生じるのだ。

フレドは困惑し、意気消沈して、検出機器のスイッチを切った。これ以上受信したくないとリモコンに伝える。スウィング冠のたいらなディスクが頭からすべりおち、フレドはそれを手で受けとめた。

その瞬間、ラダカムに通信が入った。

「ああ、なんだ？」フレドは不機嫌にいった。

眼前にヴィデオ・スクリーンがあらわれ、ガルブレイス・デイトンの真剣な顔が見えた。

「きみのペシミズムは正しかった」宇宙ハンザの保安部チーフはいった。「あの方法はもはや使用できない。テクノ衛星はもう通信周波のインターセクトでは探知されなくなった」

フレド・ゴファーはゆっくりうなずいた。

「それがあらたな発見だとあなたが思っているのなら」と、ゆっくりいう。「これからお伝えしなくてはならない話をまず聞いてください……」

2

「間一髪で失敗するところだったな」ゼロ夢見者はめずらしく感傷的になっていった。

　カッツェンカットの指揮船《理性の優位》は、宇宙の深淵のどこかを飛んでいる。指揮エレメントはゼロ夢の意識段階に深くもぐり、船載コンピュータとプシカムを通じて話していた。

「《マシン》の犠牲は必要だったのです」コンピュータが答える。「破壊されるさいに生じるエネルギーを使うしか、アニン・アンを太陽系に運ぶフィクティヴ転送機効果を発生させる方法はありませんでした」

「わたしがいったのはその件ではない」カッツェンカットは怒った。「テラナーの勢力圏にいるだれかが、身のほど知らずにも、人類に迫る危機に対して注意勧告したのだ。その者は警告者と名乗った。知っているだろう。われわれはその放送を受信した。海賊放送局アケローンのニュースだ。もしテラナーがそれを知って萎縮していたら、アニン・アンはどうなった？」

「そんなことにはなりませんでした」船載コンピュータが堂々と答えた。「テラナーはどんな危険が迫っているか気づいていません。アケローンの警告はむだだったのです」

「だといいが」と、カッツェンカット。

かれの思考は宇宙の冷気を抜けてはるか彼方までおよび、惑星テラの地表へ向かっているアニン・アンに触れた。その脳は色鮮やかな培養液が満ちた卵形の容器に入っている。かれらには課題をあたえてあり、次にすべきことを明解に説明していた。カッツェンカットは指揮エレメントだ。エレメントの十戒の命運はかれの意識にかかっている。高慢な技術エレメントがいま自分の指示にたよるしかないという状況に、かれは皮肉まじりの満足感をおぼえた。以前のアニン・アンは半有機ロボット、有機脳を埋めこまれた強力なマシン存在だった。《マシン》と呼ばれる自分たちの巨大宇宙船で暮らしていたとき、アニン・アンはときどき、自分たちこそ十戒の指揮エレメントの任務にふさわしいかのように行動した。なんと、ゼロ夢見者をさしおいてエレメントの支配者に危急の問題を相談したこともある。その決断が原則的にはかれに有利になったわけだが、カッツェンカットはこうした状況を支配者の好意のしるしとは評価していなかった。それほど純真無垢ではない。エレメントの支配者はひとつの命令系統をつくりあげ、それが完全に機能することを重んじている。ほかの動機は知らない。あのとき支配者が貯蔵基地で、指揮エレメントが望ましい方法で任務を遂行できないという結論を引きだしていれば、アニン・アンの訴えはポジティヴに受けとられただろう。

とくに最近は、あぶないところでこの運命を何度も逃れたことを思いだし、カッツェンカットは身震いした。

アニン・アンの運命を考えて皮肉まじりのよろこびを感じたにもかかわらず、人類なら軽い悲哀と呼ぶような感情がかれを動かした。どれだけの戦力とともにかれはこの戦いにのぞんできたか！　当時は十戒のポテンシャルに抵抗できる宇宙の権力構造はなく、かれはそれに納得していた。どれだけ苦々しく失望したことだろう。何度エレメントの支配者のところに向かい、打ちひしがれながら、また敗北を喫してエレメントを失ったと報告しなくてはならなかったことか。悪魔がGAVÖK諸種族とテラナーと無限アルマダに味方したにちがいない。カッツェンカットの失敗にほかの理由は見あたらなかった。

十戒はもはや存在しない。すくなくとも、十戒と名乗る権利をなくしていた。この宇宙空間にエレメントはまだいくつかのこっていて、あてもなくさまよい、偵察活動をしているが……アニン・アンは本来の姿を失いながらも、太陽系の惑星の空にひろがった……最後にくるのは、カッツェンカットが恐れる暗黒エレメントだ。ゼロ夢の意識下段階に何度も、自分が暗黒にのみこまれるのを具体的に描写したヴィジョンがあらわれる。かれは敗北感に打ち負かされそうに感じ、なんとかたちなおろうとした。十戒は過去の事物かもしれないが、まだそのもの自体は失われていない。《マシン》は犠牲になるしかなかったのだ。それによってアニン・アンは太陽系へ、とくにテラへ飛ぶことができた。これまで、警告者と名乗る者がテラナーに凶報をもたらしたが、かれらはどんな危険が迫っているのかはわかっていない。カッツェンカットは警告者の正体を知らなかった。傍受した通信で、テラでしばらく、よりによって自分が警告者だと疑われていたのがわかり、おもしろく思った。テラナーには知性が感じられないことがある。

警告者のメッセージにかれは驚いた。暗く謎めいているが、事情を知っている者にとってはよくわかる言葉で、太陽系とその住民が向かっていく運命をおおまかに描写していた。警告者がどこからこちらの意図を察知したのか、カッツェンカットにはまったく理解できなかった。完全にあらたな戦略をたてなくてはならないかと逡巡したもの。というのも、警告者は単刀直入に、十戒の攻撃の当初には技術エレメントの大規模な偽装工作がありそうだと説明していたからだ。ネガスフィアの偉大な者が関係しているにちがいない。テラナーは海賊放送局アケローンの警告をあなどり、《マシン》を組織的に攻撃して破壊した。そのさいに生じたフィクティヴ転送機効果により、二百億のアニン・アンが太陽系に到達した。これで最初の危険は切り抜けた。テラナーが、課せられた運命を逃れるためにできることはもはや多くない。アニン・アンのもくろみをかれらは知らないのだ。そのことを、カッツェンカットはゾンデがとらえた通信から読みとっていた。

本来の計画でまったく考えになかった状況が、思いがけずかれの戦略に役だっていた。みずからの故郷惑星がこのような侵略を体験したら、どんな種族も侵略者に対して全力で防御すると考えていたのだが、テラナーのメンタリティは独特だった。かれらは有機的な生物を重んじる。アニン・アンは〝かつて〟有機生命体だったし、さらにすくなくともいまは、まだきわめて友好的だ。テラナーは、かれら特有の道徳観によって身動きがとれなくなっている。直接的な危険をもたらさない有機生命体は傷つけてはならないのだ。

これ以上に都合のいいことはない。混沌の勢力はカッツェンカットに味方した。それでも不安はおさえられなかった。敵に救いの見こみがなくなったと思える状況を、かれはどれだけ味わっただろう。いまいましいテラナーとアルマディストが最後の瞬間に窮地から逃れ、十戒を手ひどく敗北させるのを、何度見るはめになったことか。一度ならずつらい道のりを進み、エレメントの支配者にさらなる失敗を報告してきた。それほどたたないうちに、主人の堪忍袋の緒が切れるだろうと、わかっている。

かれは重苦しい気分で考えた。生命維持のための治療が中止され、ゼロ夢見者カッツェンカットの不死が終わることを。だから、夢の意識下段階で、エレメントの支配者に追放されたら引きこもろうと考えているパラダイス惑星の構想にとりくんでいた。

「話しかけてもいいですか？」船載コンピュータのやさしいメンタル音声がたずねた。

「聞こう」と、カッツェンカット。

「それはよかった。よろこばしいニュースがあります。1＝1＝ナノルからの連絡です」

カッツェンカットは耳をそばだてた。1＝1＝ナノルはテラへの出動を指揮する技術エレメントで……ゼロ夢見者は当然、アニン・アンがどこまでもおよぶ全権を持つことのないように気をつけていた。計画の本来の指揮はかれ自身がにぎっているからだ。

「1＝1＝ナノルにどんな用事があるのだ？」かれはたずねた。

「計画していたよりも早くことが進展しています。偶然に恵まれ、テラのコミュニケーション方式がすでに解読されました。第二段階をすぐにはじめられます」

カッツェンカットの意識に電気ショックのような刺激がはしり、最後にのこっていた不安がとりはらわれた。いまこそ、テラナーには完全に救いがなくなった。かれらはアニン・アンの意図を知らない。まもなく第二段階がはじまったら、もはやどんな知識も役だたないだろう。あと数日で、太陽系の住民はトランス状態におちいるのだ。

「それについては自分で見てみよう」かれは意気揚々といった。

＊

ぴん。クローン・メイセンハートの音響システムが音をたてた。さらにまた、次々と音はつづく。ぴん……ぴん……ぴん……なにもないところから色鮮やかな光点が、ヘルメットのスクリーンにあらわれる。数秒間、かれは海千山千のレポーターのあつかましい冷笑的態度を忘れ、この光景に魅了された。しかし、職業上、すぐにまた動じない態度にもどる。以前と変わらず自身の放送が生中継になっているのをたしかめ、おちついたようすで話しはじめた。平均的な視聴者に、スーパー道化師のクローン・メイセンハートもまじめになることができるという印象を呼び起こしたのだ。

「この瞬間の感動を味わえないのは、おろか者でしょう。リニア空間から突然、次々と宇宙船が出現しました……数千、数十万、数百万隻もの艦船です。無限アルマダの二千部隊、数にして二千五百万隻をこえる艦船が、この数分でヴォノ星系に物質化しました。どういうことかおわかりでしょうか？　宇宙の息吹がわれわれに吹きつけています。人類の目は……一部の選ばれた者をのぞいて……このような大量の宇宙船を見たことがありません。時空間が震えています。あらたな時代が訪れました。われわれの銀河系は、もはや以前と同じものではなく……」

「あまり大げさにやりすぎるなよ」モニター・チャンネルからラファエル・ドンの警告するような声が伝えてきた。「涙があふれそうだ」

「黙ってろ」クローン・メイセンハートはオフラインでうなった。通信服のミニ・カメラが揺れ、探知インパルスをとらえる。それを、コンピュータが色鮮やかな光点に変えた。

「……もはや以前と同じものではなく」かれは報告をつづけた。「われわれはあらたな時代のはじまりにいます。みなさんは、韋駄天レポーターの不撓不屈の活動と《キッシュ》のメディア・クルーの働きによって、ライヴでそれを体験できるのです」

名望を自分だけのために使わなければ、いつもうまくいく。ラファエル・ドンの警告は、まったく効き目なく消えていった。

「さて、現実にもどりましょう」かれはいった。「見わたすかぎりひろがる未知宇宙船の光景はあまりに圧倒的で、このサーカス巡業がどんな意味があるのだろうと、依然として考えてしまいます。知りたいのは……」

ここで乱暴に中断された。脅すような低い声……明らかにエプサル人の声だ……が、音響装置からとどろいたのだ。

「どこのばかが旗艦の指揮チャンネルで話している？　関わると、皮をひんむくぞ！」

一瞬、クローン・メイセンハートは呼吸ができなくなった。この二十年間というもの、こんな話しかけられ方ははじめてだ。一瞬、混乱して侮辱されたように感じたが、放送が自分の目的のために確保した通常の周波帯で流れているのをたしかめると、品位をとりもどし、思いきった大声で話しはじめた。

「どこのおろか者が《キッシュ》メディア・クルーの私的ラインに割りこんできたのだ?」すでにオフラインにしてある。銀河系の公衆にこの口論を聞かせる必要はない。このあいだ、視聴者たちには保存してあるニュースや無限アルマダのほかの映像などが流されている。《キッシュ》のクルーは事情をわかっていた。問題はない。大声でつづけた。「こちらはクローン・メイセンハート。メディア・ビジネスで有名な専門家のひとりだ。恒星間のコミュニケーション規定を守ってもらいたい」

「ほう、そうか……クローン・メイセンハート」べつの声があざわらうようにいった。

「半時間前からエプサル人に知性が欠けているとぶちまけていた男か。ちょうどいいところにきたな」

「だれだ……そちらは?」韋駄天レポーターは驚いてたずねた。

「リムザー・カップ、エプサル人歓迎艦隊の旗艦《リムダン》の艦長だ。わたしのことは知っているだろう。こちらに向かってくるとは、すこし最近まで聞かなかったが?」

クローン・メイセンハートは背筋が凍りついた。間違った相手と争いをはじめてしまったのだ。視聴者に約束したようなレポートがほしければ、譲歩も必要だろう。

「おそらく誤解です」あわてて かれはいった。「つまり、チャンネルが二重に確保されてしまったのでしょう。この周波の独占的権利については証明書を提示できますが……」

「まったく、証明書だと！」リムザー・カップは声をとどろかせた。「われわれエプサル人が証明書など気にするとでも？」

「そうですよね」と、クローン・メイセンハート。「銀河系のどこでも同じ習慣があるわけではない。すこしだけ、聞いてください。ここはあなたのホームグラウンドで、わたしはよそ者です。指揮チャンネルはあなたにゆずり、わたしはべつの周波に切り替えます。それでいいでしょうか？」

「はじめてまともな言葉をレポーターの口から聞いた」エプサル人が低くいう。

「あなたの艦にまた迎えていただけるでしょうか？」クローン・メイセンハートはたずねた。

「もちろんだ」リムザー・カップは気持ちがしずまったように答えた。「そちらに狙いを定めた……招き入れよう」

メイセンハートの奇妙な船に震動が軽くはしる。牽引フィールドのエネルギー・ラインにとらえられ、速度が増した。

＊

スウィング部屋の暗がりのなか、フレド・ゴファーはにやりとして立ちあがり、頭からスウィング冠をすべらせた。なにが起きたのかはよくわからない。まちがいなくモニター上のクローン・メイセンハートは、エプサル人艦長との対話がはじまったときにスイッチをオフラインに切り替えたのだ。名誉を重んじるレポーターなら、自身が罵倒されるのを公衆に聞かせたりしない……そして、メイセンハートはきわめて名誉を重視する。なにかがうまくいかなかったにちがいない。銀河系全体が、韋駄天レポーターがリムザー・カップに叱りとばされるのを聞いていた。ひょっとするとラファエル・ドンのせいかもしれない。《キッシュ》クルーのコメディアンで、クローン・メイセンハートのもっとも近しい同僚だ。ドンはメディア・テンダーの操作盤にいたし、若いころ、メイセンハートと対立関係になったという噂もある。ラファエル・ドン自身もすぐれたジャーナリストで、クローン・メイセンハートの子分を演じるのにいやけがさしているらしい。自身で花形レポーターの役を引き受けたがっているとか。すくなくとも、噂ではそういうことになっていた。

ドンが自分のボスにこんな悪さをしたのか？　するといまごろ、自身のシュプールを消すのに手いっぱいだろう。クローン・メイセンハートがことの真相を知ることになれば、問題の責任者の罷免を要求するだろうからだ。

いずれにしても、ショーはまだ終わっていない。フレド・ゴファーは軽食をとると、スウィング・セッションのさいにいつも使う快適な部屋にもどった。スウィング冠を頭の中央の毛のない部分にまたセットする。リモコンが望みのチャンネルを探しだし、スクリーンにうつしだした。そのとたん、フレドは《リムダン》の司令室中央にいた。

＊

リムザー・カップは身長百六十センチメートル強で、肩幅も同じくらい。色鮮やかなパーツを組み合わせた合成繊維のユニフォームを着用している。風雨にさらされた褐色の顔だ。容貌で突出しているのは、赤みがかったむらさき色の団子鼻だった。このエプサル人を見た者は、テラの数百年前の宇宙航行を思いだすだろう。呵責ないスプリンガー種族と自由商人の時代を。リムザー・カップは、とっくに過ぎ去った時代の遺物のようだった。かれはこの外見の理由が自分自身にあると知っていた。かれは騒ぎ、荒れ狂い、吠える。しかし、理性的にふるまう相手には、小羊のようにおとなしくなるのだ。かたい殻のなかにやわらかい心を持つ、かつてはいたるところで好かれた男のタイプだった。

クローン・メイセンハートはエプサル人と背はほとんど変わらなかったが、肩幅はずっと細い。この男ふたりのあいだに立った者は、これ以上に対照的な存在は想像もできないだろう。メイセンハートは繊細で流行の服を着用し……リムザー・カップは粗野なカリブの海賊のようだ。ただ、すべては外見だけの問題で、メイセンハートもエプサル人も同じだった。だれもが自分の役割を演じていて、本当の性格からではなく役割から対立が生じる。それがたったいま、決定的な段階に入ったのだ。

「さて、ここは宇宙船の司令室です」クローン・メイセンハートは興奮した甲高い声で、センセーショナルな事件の露呈が間近に迫ったことを全世界に知らせようとした。「無限アルマダの部隊がふたたび移動を開始しようという気分になったらすぐに、一万名以上のエプサル人を連れてテラの方向に出発することになっています。前にいるのはリムザー・カップ、旗艦の艦長です。この作戦でどんなことが起きるか、ニュース・フリークのみなさんにまもなく説明してくれるでしょう。結局、数十億もの税金が浪費されるのに、一般市民は全体のなんの役にたっているのか、兆しを感じることもないのです」

かれは芝居がかった身振りで艦長に振り向き、通信服の太いベルトから、触手に似たケーブルのついた携帯用小型マイクロフォンをとりだした。マイクロフォンについたケーブルの先端が、蛇のようにリムザー・カップに向けられる。エプサル人はこの小型機器をぞんざいにわきに押しやった。暗い目つきで韋駄天レポーターを眺め、声をとどろかせる。

「きみがクローン・メイセンタールか」

「メイセンハートです」クローンは訂正した。「わたしの名前はだれでも知っています」

陰険な笑みがリムザー・カップの顔をかすめた。

「すまない」偽善的な謝り方だった。「だが、エプサル人に知性が欠けていることは、全世界が知っているのだったな？」

メイセンハートは流行に乗ったスタイルの襟の下がすこし暑くなるのを感じた。《リムダン》艦内では本当に、自分がエプサル人の知的能力について気まぐれに話したことをすべて聞かれていたのだろうか？

「それは悪い噂だと思いますよ」かれはしぶしぶいった。

「で、きみはレポーターとして真実を伝え、噂はひろめていないのだな」リムザー・カップがにやりと笑う。

「そういうことです」クローン・メイセンハートはしだいに腹がたってきた。この丸太のようなエプサル人は、ここで自分を出し抜くためになにを思いついたのだろうか？

「もしよければ、いくつか質問したいのですが。メディア視聴者が銀河系のいたるところで、あなたの答えを緊張して待っています」

韋駄天レポーターは軽くモニターをたしかめた。すべて順調だ。「はじめてくれ」

「いいとも」リムザー・カップは乗り気なように答えた。

クローン・メイセンハートは大きなパノラマ・スクリーンをさししめした。そこにはエプサル人の歓迎艦隊と膨大な数のアルマダ艦船が、コンピュータ処理されて表示されている。映像の一部は、ハイパー探知機が出したデータをもとにしていた。アルマダ部隊のしんがりが一光日以上の距離のところで物質化する。通常の光学的な方法では、二十四時間後にようやく見えるくらいだろう。

「このすべてが、とてつもない浪費をあらわしています」クローン・メイセンハートが厳粛な調子でいった。「さらに、アルマダ部隊に随行してテラに向かおうとしている百隻のエプサル艦隊もいます。通りやオフィスにいる男女が関心を持っているのは、こういうことです。すべてはなんのためですか？」

リムザー・カップは問いかけるような視線に対し、まじめに答えた。

「酢キャベツだ」

「ええ？」クローン・メイセンハートは素人のような声を出した。

「酢キャベツだ」エプサル人はくりかえした。「レジナルド・ブルと賭けをしたのだ」

韋駄天レポーターはかつがれているような気がして不快になった。しかし、ほかの話題にうつるには、すでに深入りしすぎてしまっている。

「賭けですって？」ほほえみながらたずねる。

「そうだ。わたしはエプサルでとくに名声のある存在ではない。いまは執行猶予中でね。盗み、強奪、侵入……ま、そういったことだ。異端者と呼んでもらっていい。しかし、きわめて優秀な宙航士で、レジナルド・ブルとは何年も前からいい友としてつきあっている。この前会ったとき、わたしがアルマダ部隊とともにテラへ飛ぶ歓迎艦隊を指揮したいと話したら、ブルは笑い飛ばして、そんな任務をわたしにまかせるようなおろか者はエプサルにいないだろうといった。で、賭けをしたわけだ」

「ははは」クローン・メイセンハートは甲高い声で笑った。「おもしろい冗談ですが……」

「詳細を知りたいか？」リムザー・カップがさえぎる。「賭けがわたしの思いどおりに進んだらどうなるか、われわれはシミュレーションしたのだ。敗者は、生の酢キャベツ二・五キログラムを十分以内にたいらげなければならない。そいつの胃がどうなるか想像できるか？」

かれはふたつの機器ブロックの隙間をさししめした。

「ホログラムだ、見てみろ」

クローン・メイセンハートの本能は拒否していた。ふつうは、このようにかんたんに引きずりまわされたりはしない。しかし、第一に自分は絶対に安全だと確信している。第二にリムザー・カップの奇怪な主張に好奇心をかきたてられていた。というわけで、韋駄天レポーターはおとなしく隙間に入った。エプサル人がこうのが聞こえた。

「プロジェクション……スタート！」

クローン・メイセンハートの周囲に三次元映像が生じた。星々、宇宙の暗闇、物質化した艦船をコンピュータ処理した色鮮やかな光点が見える。半時間前に見たのと同じ、なじみの光景だ。虚無から四角い物体がすべりでてくる、かれの貨物用プラットフォームだ。自分自身がそこに乗っているのが見える。頭をそらし、アルマダ部隊の輝く光の群れに沿って視線を動かしていく。自身がいうのが聞こえた。

「このサーカス巡業には深い意味があるといわれます。しかし、どんな意味があるのかという点については、だれも語りません。わたしはわれわれの友、リムザー・カップにたずねてみようと思います。百隻のエプサル艦を引き連れ、アルマディストに随行してテラへ向かうことにどんな意味を見いだしているのかと。おそらく、のらりくらりとかわされるでしょう……沈黙を守るようにいわれているか、あるいは自身でも意味が見いだせないかの理由で。結局、エプサル人はご存じのとおり、ほかの銀河系住民ほど知性がありませんからね」

「おやおや」目に見えない者の脅すような声が受信にまじる。「頭の弱いわたしは、間違ったプロジェクションを出してしまったようだ。すまない、クローン・メイセンハート。早急にこの間違いを償いたい。ちょっと待ってくれ……」

韋駄天レポーターの額に汗が噴きだした。一杯くわされたのだ。エプサル人たちは、こちらの軽蔑的な言葉を忠実に記録していた。このホログラムから解放されなくては。レポーターとしての名声が地に落ちて、リムザー・カップにさらにからかわれる前に、抜けださなくては。ぐるりと一周する。だが、見わたすかぎり、宇宙の暗闇と宇宙船と星々の光がひろがるだけだ。

「裏切りだ！　まったく卑劣な！」かれは悪態をついた。「ここから出してくれ！」

「こんどは正しいデータ記憶媒体だと思うぞ」リムザー・カップは淡々と答えた。「しっかりつかまれ、メイセンタール。すぐにはじまる」

暗闇の中央に、光るアーチがあらわれた。クローン・メイセンハートは耐えがたい力でそこに押しやられるのを感じた。貨物用プラットフォームのプロジェクションはすでに背後に消えている。かれは驚き、悲鳴をあげた。転送機の搬送フィールドにとらえられ、一瞬、無重力状態で落下するような恐ろしい感覚が伝わってきたのだ。

転送作用が終わったとき、周囲は変わっていないように見えた。そこはまだ宇宙の暗闇のなかだった。数百万の光点にかこまれている。セランのヘルメットは閉じていた。それがかれを考えこませた。いま見ている光は、自分のセランのマイクロプロセッサー集合体から発している。ここはもはやホロ・プロジェクションのなかではない。外の宇宙にほうりだされたのだ！

目のすみで、鈍く輝くさいころが急速にはなれていくのに気づいた。どんな物体なのか確認できないでいるうちに、二秒でそれは暗闇にのみこまれた。しかし、かなり納得できる考えはある。反フィールドを生む転送装置にちがいない。リムザー・カップは時間をかけてひどい冗談を用意したのだ。

愕然として、まだ生中継状態なのかたしかめる。モニター・チャンネルで、かれは怒りをおさえられずに大声でどなりちらした。

「なにか代替放送だ！　こっちを切ってくれ！」

しかし、《キッシュ》から応答はなかった。いまいましいエプサル人がどこかに追いやったのだろうか？

このとき、暗闇からやってくるものがあった。ふらふらと回転しながらゆっくり移動する四角い物体……かれの貨物用プラットフォームだ！　セランのグラヴォ・エンジンを作動させてよろめく物体に近づけると、本能が語りかけてきた。レポーターには、機器に気を配って慎重にあつかい、できるだけなくさないようにする義務がある。プラットフォームとコンタクトするのは容易ではなかったが、なんとかなめらかな表面に足がかりを得て、磁力でアンカーをつくりあげた。星々と宇宙船の色鮮やかな光が混沌となり、周囲をまわっているのを見ていて、すっかり気分が悪くなる。プラットフォームを制御できるまで、しばらくかかった……そのあいだずっと、数十億のメディア視聴者たちに銀河系のあちこちから注目をあびていた。

リムザー・カップめ……恐ろしい復讐が待っているぞ！　エプサル人はクローン・メイセンハートが着地したこのプラットフォームを、格納庫から射出したにちがいない。プラットフォームにさらにくわえられた作用がまた特別に邪悪だと、レポーターは感じた。

「きっと捕まえてやるぞ、リムザー・カップ」かれはあえぐようにいった。

もっと情報を得る必要がある。放送が周囲五万光年におよぶ範囲で受信されていることはわかった。つまり、《リムダン》艦内でも。

「捕まえられるかもしれないが、わたしはそうは思わない」エプサル人のしずかな低い声が答えた。「賭けをするか？　生の酢キャベツ二・五キログラムを十分でたいらげるか？　この提案を考えるあいだ、どうか熟慮してもらいたい。一種族全体をまとめておろか者として視聴者に売りこむことが、なんの役にたつのかを……」

＊

フレド・ゴファーは笑いの発作で窒息しそうになった。クローン・メイセンハートが銀河系全体の前で笑い物になっている！　これでかれは学び、おどけて他者の名誉を傷つけるようなぞんざいなコメントはしなくなるだろう。リムザー・カップはみごとに韋駄天レポーターに一杯くわせたのだ……しかもかれは、数分前にメイセンハートが知性に欠けると説明したエプサル人のひとりなのに。

酢キャベツか！　フレドは身をよじって笑いころげた。レジナルド・ブルはこの放送を見たら、どう思うだろうか？

フレドはそれ以上、楽しい気分にふけっていることはできなかった。ラダカムに連絡が入ったのだ。

「ここだ」はっきり答えると、数メートル先に巨大なヴィデオ・スクリーンが生じた。エギンの端整で魅力的な顔があらわれ、フレドは電気ショックがからだをはしったように感じた。彼女の目が考えこむようにフレドに注がれる。サフラン色のもじゃもじゃの髪を房にまとめ、ぼろぼろのカフタンを身につけた男に、自分が本当に連絡をしたかったのか、考えているかのようだ。一方、かれの視線は彼女の、信じがたいほど色っぽく見える豊かな唇に引きつけられていた。

「問題が発生したの、フレド」とうとう、彼女はいった。「わたしたち、あなたが手を貸してくれないかと考えているんだけど」

かれは一瞬、困惑したが、子供のような笑みを浮かべた。

「わたしたち？　つまり、きみも参加しているということか？」

「そうよ」彼女はまじめに答えた。

「手を貸すよ」かれは心から約束した。

3

ホーマー・G・アダムスは自分の境遇にまったく満足していなかった。治安維持局からそうした指示は出ていなかったにもかかわらず、自宅軟禁させられたように感じている。かれはテラナーたちに知らしめたかった……自分はすべてに対して準備がととのっていると。警告者の件に関する裏切りのかどで、どんな罰が計画されているにしてもだ。

良心の呵責で苦しんでいるわけではない。かれが用いた方法は異端で、確実に規定にそむくものだった。それどころか、ある意味では違法だ。かれは自身が警告者だったと告白したが、ロナルド・テケナーがほんものの警告者と会った記憶は即座に忘れさせなくてはならず、そのことに同意した。さまざまな観点から見て、かれは罪をおかしている。それでも、嘆くような心の動きはみじんも感じられなかった。かれがしたことは、されなければならなかったのだ。よりによってかれがこのことに責任を負うようになったのは、偶然からだった。それは運命の気まぐれだった。たよれそうな人材ははてしなくいたが、そのなかから〝未知者〟はまさに、ホーマー・G・アダムスにたよることにしたのだ。

この未知者は保護を必要としていた。かれは膨大な知識を持っている。エレメントの十戒の手に落ちるようなことがあってはならない。カッツェンカットとその集団が引き起こす危険がはらいのけられたらようやく、秘密を暴露してもいいだろう。それまでホーマー・G・アダムスは、法の保護を奪われた者として、事件を知る者の目のなかにとどまるのだ。

放心状態でアダムスはカレンダーのデジタル表示を見つめた。新年がはじまっている。NGZ四二九年だ。旧暦では四〇一六年になるだろう。あと九カ月でかれは二千九十八歳になる。二千年前にだれかに、自分がこのような高齢になると予言されたら、ばかげた話だと思っただろう。当時すでに細胞シャワーはあった。それは六十二年ごとにくりかえし浴びなくてはならず、回数を追うごとに、生命を永らえさせる治療をほどこすヒュジオトロンがある、謎に満ちた惑星ワンダラーを見つけるのは困難になっていく。数世紀のち、ようやくかれは細胞活性装置を保持することになった。おかげで細胞シャワーを使った治療は不要になり、自然死とはほぼ永久に無縁になることが保証された。

かれは相対不死の身分を持つ精鋭たちの小集団に属している。運命に恵まれたのだ。しかし、その代償として友に嘘をつき、かれらには秘密で、LFTや宇宙ハンザのあらゆる規則に抵触するような策略をめぐらすことになった。

　通信端末が受信音をたて、かれはぎくりとした。数日前から、かれと話そうという者はいなかった。こんな時間に連絡してくるとは、だれだろうか？　音声命令で端末を作動させる。スクリーンが目の前でかすかに光りはじめ、輪郭が浮かんでくる。数世紀がたとうと、元来の若々しさをまったく失っていない顔が見えた。

「マイクル・ローダン！」アダムスは驚いた。「いったいどうして……」

「なんでも情報が入ってくるのだ。わが友ホーマー・G・アダムスが罪をおかしたらしいと聞いたんだが」かねてからロワ・ダントンの名前で銀河系じゅうに知られた若い男の声には、深刻な重々しい響きがこもっていた。「信じられないよ。なにもかも大きな勘違いにちがいない……」

　アダムスがゆっくり疲れたような笑みを浮かべてかぶりを振る。マイクルは話をやめた。

「本当なのか？」数秒後にたずねる。

「きみがわたしの行動について聞いたことは事実だ、若いの」アダムスは悲しそうに答えた。「だが、わたしの動機はだれも知らない。きみにもそれは説明できない。しかし、権力や金の亡者とか、革命家とか、観念的な試みでわたしの罪をとがめる者は、自分がなにを話しているかわかっていないのだ」

　しばらくマイクル・ローダンは黙っていたが、うなずいていった。

「それはすくなくとも、ひとつのなぐさめだ。いつか、秘密をわれわれに明かしてくれるだろう？」

「いつかはな」ホーマー・アダムスは約束した。「遠くない将来だといいと思っている」

「わたしもそう願っている」若いローダンはいった。「それで……」

突然、かれの顔が崩れて百もの色鮮やかな断片になり、スクリーンの上をとどまることなく流れていった。声は甲高く意味のわからないわめき声になって、一瞬、中継が完全に切れた。その後、あらたな映像があらわれた。ホーマー・アダムスは困惑して、ひとりの年老いた女の横顔を見つめた。通信網の第三の参加者との、明らかに興奮した会話に巻きこまれたのだ。アダムスは老女がこういうのを聞いた。

「……財産分与はただひとつ実行可能な方法よ。わたしは、自分が自由に使えるものがなにか知りたいの。でなければ、かれはまた気まぐれから何度もじゃましてくるわ。そうでしょう、ミルドレッド？　ミルドレッド、そこにいるの？」

彼女は顔を撮影機器に向けた。ホーマー・アダムスを見ると、目が不自然に大きくなった。知らない男だ。アダムスの映像はニュースや出版物ではほとんど公開されない。そのため、彼女は立腹した。

「どうしてわたしの周波に入ってきたの？」と、息をはずませる。「プライベートな会話を盗み聞きするなんて、なにを考えているの？　訴えるわよ……」

「おちついてください」アダムスはやさしく話しかけた。「わたしのせいではないのです。システムが誤作動を起こしたにちがいない」

「誤作動ですって！」老女はがみがみいった。「実際に……」

先ほどのマイクル・ローダンと同じようなことが起きた。彼女の顔が色鮮やかなモザイクになり、それぞれが急速に消えていき、声がかすれる。一瞬、しずかになり、中継が復活した。今回は映像はなにも見えず、さまざまな色の記号が連なり、ヴィデオ・スクリーンを勢いよく横に流れるだけだった。まちがいなくプライベートのデータ中継だ。

アダムスは通信端末に呼びかけ、スイッチを切った。この通信網の混乱はなんなのかと、しばらく考える。自分はマイクル・ローダンとラダカム接続で話していた。〝ラダカム〟は地域内近距離通信の意味を持つ造語で、かつて使われていた電話の代替品だ。ラダカム・チャンネルは盗聴や妨害がないように徹底的に保護されている。それが起きてしまうとは、コミュニケーション理論の法則上、あってはならないことだ。

そのままローダンの息子に折りかえし連絡をしてこの問題について話し合うか考えたが、結局それはやめることにした。数時間、休息しなくてはならない。時刻表示は真夜中をとっくに過ぎて、新年の二日めがすでにはじまっていた。通信網のシステムに深刻な問題があるなら、ほかの者も気づくはずだ。ここで自分が連絡しなくても平気だろう。

眠ろうとしながら、ある思いが意識をかすめた。多数ある諜報機関のほとんどは政府や宇宙ハンザ関連だが、そこで勤務するだれかが自分の通信端末を傍受しようとして、そのさいにミスをしたのだろうか。しかし、その疑いも、よく考えれば打ち消されるものだった。宇宙ハンザという組織は、法の文言と精神を純粋すぎるほど尊重するとの名声をほしいままにしている。文言も精神も、市民のプライベート領域への侵入は禁じていた。

とうとう疲れに負けて寝入ったが、数時間後にはまた目をさました。全身が凍えている。ハウス・コンピュータを呼ぶと、すぐに応答があった。

「なにかご用でしょうか?」心地いい声が響く。

「どうしてこんなに寒いんだ?」アダムスはたずねた。

「室温十二度です」コンピュータが答える。「暖房は動いています」

「十二度だって!」アダムスは軽いふとんの下から腕を伸ばし、氷のように冷たい空気の流れを感じた。「これは暖房じゃない、冷房になっている」

「申しわけありませんが」と、コンピュータ。「データでは暖房が作動していることになっています」

このときホーマー・G・アダムスは、コンピュータ通信の世界が数時間前に考えていたよりもずっとおかしくなっていることを理解しはじめた。

＊

ＮＧＺ四二九年一月二日、テラの時間帯で空が白みはじめたころ、カオス状態が判明してきた。ポジトロニクス技術でなりたつテラ文明が、破滅しかけている。

人々が日常生活であたりまえだと思っていたものが、機能しなくなっていた。いたるところにあるハウス・コンピュータが急に問題を起こしたのだ。自動キッチンが動かなくても、作動しているとコンピュータは主張する。ホーマー・アダムスの住居で夜のあいだに起きたことが、朝になってテラの数百万の家庭で発生していた。実際は冷房なのに暖房が入っていると、ハウス・コンピュータは伝える。あるいは、気候帯や土地の季節の条件によって逆のパターンが生じていた。

もうひとつの問題は通信だった。ラダカム、ラジオカム、テレカムの機能はもはや障害なしでは動かない。古い建物にまだあるケーブル接続のインターカムでさえ、説明のつかない気まぐれを起こした。

それらは害のない事件だったが、より大規模な交通管理システムで故障が起きると、さらに状況はひどくなった。交通安全システムが作動したため、事故にはならなかったものの、渋滞が発生し、一部ではとうとう機能停止してしまった。都市や地方の公共交通でも問題が生じ、交通機関がとまったり、各停留所でブレーキをかけることなく通過したりした。ドアは開閉しなくなり、都市では通りの照明が一日じゅうついている。住居や飲食店の自動キッチンは食べられるような食事を提供しなくなった。

これらは市民の日常生活に影響を直接あたえることがらだったが、ほかにも、専門家だけが確認できる技術領域に重大な問題が起きた。テラの巨大コンピュータ・センター間のデータ交換が麻痺したのだ。間違いのないデータ流にたよっていた地域行政は困難におちいった。地域管理部の長期計画がまず問題を痛感し、とうとうカオスは最高行政機関、自由テラナー連盟にも迫った。

もちろん責任者たちは、手をこまねいて信じがたい出来ごとをなにもせずに傍観していたわけではない。専門家部隊をいたるところに派遣し、問題の原因を探って解決させようとした。だが、作業は妨げられることが多かった。ほとんどの問題が短期的なもので、かれらが現地に到着する前に自動的に解決されたからだ。テラニアの巨大通信網による交通がまた流れはじめると、かわりにシドニーの通りが麻痺してしまう。専門家がシドニーに到着したときにはすでに管理システムは作動しはじめ、こんどはベルリンで最初の問題が起きる。未知の者が引き起こす絶望的ないたちごっこだった。

未知の者？

テクノ衛星の出現と通信網のカオスが時間的に同時発生したことを見通すのはむずかしい。しかし、ふたつのまったく予測しない……この場合は憂慮すべき……出来ごとがほとんど同時に起きたなら、すくなくとも表面的に筋道の通る結論は、片方がもう片方と因果関係にあるにちがいないということだ。

危機対策本部はあちこちで会議を開いたが、意思疎通がたよりにならないため、なかなか進まなかった。テラニアの空にも地面にも数百万のテクノ衛星が動きまわっている。これまでの観察のなかで、もっとも局地的に集中していた。

ただひとつだけ明るい兆しがあった。ガルブレイス・デイトンが、ハンザ司令部前の大広場にあるヴィールス柱を強力なロボット部隊に監視させたのち、コミュニケーション・アルコーヴに入り、ヴィールス・インペリウムとコンタクトしたのだ。今回のコンタクトは、いまだのこるヴィーロ・チップ二万のひとつを経由しておこなわれた。それを制御している前衛騎兵はストロンカー・キーン、かつてのプシ・トラスト指揮官だ。その結果、ガルブレイス・デイトンにとり、ヴィールス・インペリウムへの質問はストロンカー・キーンとの会話のように展開した。

「テラの通信システムで生じる混乱が増大していくのは、われわれの側でも観察されています」キーンはデイトンの質問に答えた。

「で……そこからなにがわかる？」保安部チーフは返事の短さにいくぶん驚いた。

「テクノ衛星がひと役買っていますね」

記憶のなかのプシ・トラストの日々のままのようなキーンを、デイトンは見つめた。

長身で肩幅がひろく、からだが鍛えられていて、角張った顔で明るいブロンドの髪を房にまとめ、すっきりした知的なブルーの目をしている。ストロンカー・キーンの大きさが実際はヴィールスほどしかないとは、プシ光学的な描写からはまったくわからない。標準的な宇宙服に似たコンビネーションを着用していて、ヘルメットを開き、サーフボードのような物体にすわっていた。ヴィーロ・チップの上でくつろいでいる。調節すべき情報の洪水もなければ、過ぎ去っていくデータ塊を追いかける必要もないようだ。前衛騎兵は気をそらされることなく会話に専念できていた。

「ストロンカー、それはわれわれでも考えられる」ガルブレイス・デイトンは非難をこめていった。「ヴィールス・インペリウムはなにかしっかりしたものを伝えてくれると思っていたのだが」

キーンはひどく心配そうになった。

「ここ数日のヴィールス・インペリウムの状態はおわかりでしょう、ガルブレイス。もはやかんたんには話せないのです。どうやらヴィールス・インペリウムには……ほかにどう表現したらいいかわからないのですが……自身の問題があるようです。外界にほとんど注意をはらっていません。コンタクトできるまで、数時間かかることもあります」

「そうか、わかった」デイトンは嘆息した。「だが、せめて教えてくれ。はじまったカオスに、ヴィーロ・チップはなんらかのかたちで関わっているのだろうか」

「それはありませんストロンカー・キーンはようやく明白な回答ができるのでよろこんでいた。「ヴィーロ・チップとヴィールス・インペリウムは影響を受けていません。ヴィールス・インペリウムのほうは、わたしが判断できるかぎりですが」

ヴィールス柱を出たとき、プシ・トラストのかつての指揮官との会話が満足のいくものだったのか絶望すべきものだったのか、ガルブレイス・デイトンはわからなかった。どちらとも感じておらず、依然として空虚で無力感に襲われている。しかし、危機対策本部にこの件を伝えると、そこではよろこばれた。

「ヴィールス・インペリウムが影響を受けないかぎり、われわれがテクノ衛星から害をあたえられることはないでしょう」対策専門家のひとりがいった。

この意見に手ばなしで賛成できるか、ガルブレイス・デイトンは確信が持てなかった。

*

「問題というのは」エギン・ラングフォードはいった。「あなたが観察したテクノ衛星の放射の積分スペクトルにあったピークが、もうあらわれなくなったことなの。通信システムの障害がテクノ衛星の特殊なエネルギー活動と相互関係している可能性は、これでなくなったわ」

フレド・ゴファーはみじめな気持ちだった。エギンと最後に会った五日前からこの百二十時間で、憧れの気持ちが刻一刻と高まっている。ここにすわったままエギンを見ていることが許されるなら、おびただしい設備のあるせまいラボでも気分はよかっただろう。しかし、そうではなく、意識の論理的な部分でとりくまなくてはならない問題を提示され、その解決法を見いださなくてはならない。このすべてにフレドはきわめて狼狽(ろうばい)していた。

「おそらく、かれらはすこし学んだのだろう」かれはぼんやり説明した。「クローン・メイセンハートとカルト集団の教祖の放送を何度も切り替えたときは、こちらのシステムのしくみがわかっておらず、切り替えのために大変な作業が必要だったにちがいない。いまは方法を理解し、労力をかけずにすんでいる。だから、われわれの機器はかれらの妨害行為をもはや確認できなくなった」

「いいかえれば」と、エギン。「わたしたちの問題の原因はテクノ衛星にあると思っているのね」

「そうだ」フレドは答えた。「わたしの観点からは、ほかに説明がつかない。ただ、ひとつだけ悩みがある」

「どんなこと？」

フレド・ゴファーはかすかに嘆息した。この数分間、エギンはただ学問的なことがらにしか興味をしめしていないと気づいたのだ。夢の実現はこのラボではほとんどかなわないだろう。

「われわれがこの地球にそなえている通信網の複雑さを想像してみてくれ」しぶしぶながら運命に身をゆだね、かれは話しはじめた。「部外者が、数千年ぶんも発達が進んだ技術をそなえていたとしても、数日でシステム全体のしくみを学ぶなど、信じがたいだろう……情報コードからはじまって、プロトコル、さまざまな様式の調整、パケット交換の割り当て、ほかにもさまざまなことがある。どうしてテクノ衛星がこれほど早くわれわれの方法を解読し、自分たちの目的のために使用できるようになったのか、わたしには理解できないんだ。かれらの目的がなんなのか、まったく見当もつかないことはべつとしても」

エギンは真剣にうなずいた。フレドは、彼女の関心がやはり専門的なことがらにしかないのを感じとり、残念に思った。

「似たようなことはわたしもふと思ったわ」彼女はいった。「タルボットがこの数時間、テクノ衛星の放射を記録していたの。きっと、あなたも見たいわよね。そこには説明できないいくつかの特異性があったのよ」

彼女は立ちあがり、ドアに向かった。フレド・ゴファーはすわったまま、まだ実現しない夢を考えていた。

「いっしょにくる?」エギンがドアのところからたずねた。

かれは動揺しながら立ちあがった。

ゆっくり出入口に歩みよるかれに、彼女はほほえんだ。しかし、ドアの開閉操作はしようとしない。彼女から二メートル手前で、フレドは立ちどまった。

「行くかい？」かれは自信がなさそうにたずねた。

エギンの笑みが深くなる。つつみかくさず述べると、それはとても露骨な笑みだった。

「こっちにきて、キスして。だれよりも不器用な人」やさしい声で彼女はいった。

フレドは突然、あらゆる気おくれから解放され、彼女に二度はいわせなかった。しかし、数秒後には抱擁していた腕をほどいた。エギンを押すようにはなし、興奮して大声を発する。

「小型発信機のプログラムだ！　中身はなんだった？」

エギンは頬をなでた。まるで、フレドにはげしく迫られたあと、自分の顔をもとどおりにしなくてはならないかのように。

「あなたって、すてきな恋人ね」彼女はつぶやいたが、一瞬のち、またプロの科学者にもどった。「シャオフェン盆地の発信機のこと？」

「そうだ」

「わからないわ。でも、たしかめられる。重要なこと？」

「もはや、そうではない」フレドは答えた。「わたしの推測が正しければ、障害はすでに起きている。もうもとにもどせない。しかし、心の安らぎにはなるだろう」

「それなら、きて」彼女はやさしくからかうようにいって、ラボにもどった。「あなたの心の安らぎをかきみだして、責任をとりたくないわ」

彼女はコンピュータ端末から望みのデータを呼びだした。かなり面倒な検索になった。十万もの小型発信機のなかから、数日前にシャオフェン盆地に設置したものを探さなくてはならないからだ。その後の作業はかんたんだった。発信プログラムのタイトルが目の前のスクリーンにあらわれると、エギンは驚いて息をのんだ。

「テラのマルチ通信網におけるデータ中継の原理について」彼女は小声で淡々と読みあげた。

「これで一部は解明されたな。そうだろう?」フレド・ゴファーの口調には皮肉がこもっていた。

*

この窮地で、ガルブレイス・デイトンひきいる危機対策本部の構成が決まった。ここにはコミュニケーション分析専門家とサイバネティカーが必要だ。というのも、カタストロフィは当初、ロボットとコミュニケーションの領域でおもに発生していたから。一方、ネクシャリストも重要視された。複数の専門領域に橋をわたし、スペシャリストの領域からはずれる多様な分野のあいだに共通点を認識できるという訓練を受けているからだ。危機対策本部メンバーの男女九名のうち四名はハンザ・スポークスマンで、ほかはデイトンの危機対策本部が活動できるように、なじみの仕事場を期限なくはなれた専門家たちだった。そのひとりはボンタン・ブリアンというコミュニケーション理論家だ。一見すると太っていておだやかで、事情にもくわしくなさそうだが、その癇癪を体験した者はきわめて驚くことになる。

ガルブレイス・デイトンがちょうど短期間の戦術の詳細をもう一度まとめていたとき、ミニカムが鳴った。短く命令を口に出すと、すぐに目の前にヴィデオ・スクリーンがあらわれる。そこにうつるテキストを読みあげ、すぐに機器を切った。

「明らかにあらたな展開がはじまった」対策本部のメンバーに説明する。「仲間のエギン・ラングフォードが、数日前からテクノ衛星の現象に集中的にとりくんできた若く名声ある専門家の協力を保証してくれた。ふたりの報告を聞いてみよう」

メンバーは同意してうなずいた。デイトンはだれにともなくいった。

「招き入れてくれ」

ドアが開き、エギンとフレド・ゴファーが入ってきた。

「ああ、なんということ」よく肥えた女アフロテラナーのツオンバ・エクソルがあわれむようにいった。ネクシャリストで、ハンザ・スポークスマンでもある。「いったい、このがりがり男はなんなの？」

ツオンバ・エクソルは知性ある野心家として名高かったが、同時に気性がはげしく、発作的に反応して礼儀作法を破ることがある。フレド・ゴファーは彼女の大声を聞き、そちらを向いた。痩せて角張った顔がゆがみ、皮肉のこもった笑顔になる。

「つまり、太っていればいいということですね？」かれはいって、はっきりとツオンバの肥満体を当てこすった。

「うまい反撃ね、かかしさん」アフロテラナーはいった。「人間をつくるのは、外見じゃないのよ」

「昔のコンゴのことわざですか？」フレドがからかう。

「ゆかいな会話だな」ガルブレイス・デイトンが力強く割って入った。「このような危機的状況にもかかわらず、ユーモアを失わないのはいいことだ。だが、いまはエギンとフレドの話を聞こう……」

「場合によりけりです」ボンタン・ブリアンがうなった。「フレドが関係すると、たいてい、学問的なことがうまく進まなくなるんですよ」

フレドはかれのほうを向いた。顔に浮かんでいた微笑が凍りついたようだ。

「ボンタン、やはりきみか！　だれに招き入れられた？」と、驚いてみせる。「ちょうどうまい具合に、めちゃくちゃに酔っぱらっていないところを捕まえられたんだな。それで、信頼できる男と思われたにちがいない」

実際、フレドとボンタン・ブリアンは友だった。ただし、学問的な主義については意見が合わないことがときどきある。コミュニケーション理論と実践について無数に議論をかわすうち、相手をからかうという習慣が育まれた。ふたりが出会って、からかいあわないことはない。

「では、たのむ」ガルブレイス・デイトンが短気にせかした。

フレドは周囲を見まわした。タルボットがいないことで、すこし安堵する。タルボットは、自身のしたことが知られたなら、しばらくどこにも顔を見せられないだろう。

エギンが勇気づけるようにうなずきかけてきた。かれは話しはじめた。

「昨年末の数日、専門家の一団が中央四川省の山脈でテクノ衛星を探知し、捕らえることに成功しました。この出来ごとの詳細はよく知られていますので、それについてはひかえましょう。重要なのは、テクノ衛星を錯覚させるのに最速の方法として、そのときプロセッサーにあるプログラムを発信する小型発信機が使用されたことです。このプログラムを精査することには、だれも時間をかけませんでした。必要なのは、テクノ衛星を本来のルートからはずして罠におびきよせるための、流れつづける電磁インパルスだけでしたから」

まわりを見やる。全員が注意して話を聞いていた。ガルブレイス・デイトンは共同作業者を選びだすことを心得ていた。この部屋には膨大な知性が集結している。

「われわれの通信網にカオスをひろげたのはテクノ衛星だということに、すでに疑いの余地はなくなりました」かれはつづけた。「テクノ衛星はどのようにわれわれの通信方式の手がかりをつかんだのだろうかと、ずっと考えていました。それはまったくかんたんではありません。ボンタン・ブリアンもきっと証明してくれるでしょう」

ブリアンは不機嫌そうにうなずいた。

「いま、謎は解けたように思います」フレドはいった。「小型発信機が発するプログラムのタイトルは〝テラのマルチ通信網におけるデータ中継の原理について〟でした。敵が必要とする情報をわれわれは持っていて、相手はそれを自由に使えたのです」

一瞬、ちいさい集団に驚きの静けさがひろがった。ボンタン・ブリアンが声をとどろかせた。

「だれの責任だ？」

フレドは拒むように手を振った。

「それは突きとめられるでしょうが、ここで考えてもしかたありません。障害は引き起こされ、だれももとにはもどせない。テクノ衛星は、われわれの通信システムのしくみを知っています。われわれが捕らえた衛星は、まもなく自爆しました。しかし、その前に、持っている知識をほかの仲間に伝える機会がきっとあったのです」

また間が入った。やがて、ガルブレイス・デイトンがいった。

「フレド、きみの注意力と協力に感謝する。これでテクノ衛星がこちらの通信システムへの入口をすばやく見つけることに成功した理由がわかった。われわれの専門家部隊は、生じた障害をできるだけ早く回復するために出動している。われわれは前進していると思う。さらにヴィールス・インペリウムを活性化させ、援助してもらうことに成功したなら、この脅威をはねつけるいいチャンスだ。時間的にまだすこし猶予があるように見える。テクノ衛星の動きはカオスを引き起こしたが、人類の生命にとって直接的な危険にはなっていない。つまり……フレド、かぶりを振っているな。なにか異議でも？」

「まったく論理的な裏づけはないのですが」フレドは答えた。「今後の展開について、わたしはすこし違う考え方をしています。あまり楽観的な人間でないので」

「それについて話してもらえるかな？」

「とにかく……フレドの話をよく聞いたほうがいい！」ボンタン・ブリアンが興奮していった。「推測に論理的な理由がないとかれがいうときは、まったく耳をふさぎたくなるようなことが判明するんです」

かれはフレドを大きく飛びだした目でじっと見つめた。この言葉が否定的なのか、鼓舞するものなのか、ここにいる者たちは確信が持てなかった。

「フレド？」ガルブレイス・デイトンがいった。

「テクノ衛星の動きには、あるパターンがあるとわかりました」サンディマッシュからきた男は説明をはじめた。「このチームのネクシャリストの方々に、わたしの仮説を検証してもらいたいのです。テクノ衛星は遊んでいるように見えます。われわれの通信システムに混乱をもたらしはしたが、物理的に深刻なダメージはあたえていない。動きにまったく目的が見られません。なにをもとめているかわからないのです。

いっておきますが、かれらは学習しています。キョウライ山脈で起きた不運なミスのおかげでテラのコミュニケーション理論を知り、いま論理的知識を持って実践を学ぼうとしている。かれらはまちがいなく知性をそなえています。それにより、数日以内にマルチ通信網を使いこなすようになるでしょう。モーツァルトがピアノを弾(ひ)きこなすように。

時間的な猶予があるとは思えません。テクノ衛星はその能力を完成させます。わたしは本来、悲観主義者ではありませんが、テクノ衛星はいまあるテストにとりくんでいると思います。テストが終了したら、テラの通信方式を支配するようになるでしょう……そうしたら、カタストロフィがはじまるのです」

4

ボンタン・ブリアンは打ちひしがれた気分で、危機対策本部の会議からはなれた。外見はとても友好的でおだやかだが、同僚には怒りっぽい面も見せる。かれはけっして平均的な市民ではなかった。まず優秀な科学者で、次に故郷世界の平安をきわめて心にかけるテラナーなのだ。テラが脅威にさらされているのがわかる。それが悩みだった。

住居は首都北東部の郊外にある。そこの建築コンセプトは、古きよき隣人づきあいの原則だった。つまり、短く快適な通り沿いに中程度の一軒家が建ちならぶ。ボンタン・ブリアンは、家族をたいせつにする男だとよくいわれる。生涯つづく結婚契約を結んだ妻と、三人の子供がいた。いまの収入で貴族のような住居を入手することもできたが、この地域が好きだった。それほどひろくない土地で、垣根ごしに隣人と会話を楽しみ、ちいさく古風な店があちこちの通りの角にあり、自動給仕装置で注文するのではなくまだ対面でサービスする居心地のいいバアやレストランがある。

この晩、一軒のバアにボンタン・ブリアンは立ちよった。強い飲み物の力を借りて、凝(こ)りかたまった心をゆるめたい。偶然、ひろいカウンターに仲間が集まっているのを見つけた。近所の者たちが立ちよっていたのだ。リラックスした会話がくりひろげられ、活気づく……すべての話題はテラの空のあらたな現象、テクノ衛星だ。

「テラに次々にやってくる以外に、することはないのかね?」すっかり酔いのまわった者が嘆いた。「まずはルーワー、次にオービター、つづいてポルレイター、それからセト=アポフィスにヴィシュナの七つの災(わざわ)い……こんどはこのトリックだ。そろそろ、しずかにほうっておいてもらえないだろうか?」

ボンタン・ブリアンは予定どおり四杯あけると、ようやく家路についた。いくらか浮かれた気分だ。アルコールの作用はバアやレストランでつねに手に入る薬物でなんなく打ち消せるのだが、ブリアンはいまの状況が心地よかった。やけに愛想よく妻と子供たちに挨拶する。そしてクローン・メイセンハートが今夜またいつものチャンネルにうつると知って、強く興味を感じた。

「なんだって?」と、驚く。「最近エプサル人にからかわれてから、あのうわついた男は放送をやめさせられたと思っていたが」

「違うの、クライト星系から生放送するんですって」イリヤ・ブリアンは熱心にいった。「そこにはアルマダ種族ムナスキト人がひきいる部隊が到着するみたい。ムナスキト人は好戦的で短気なことで有名らしいわ。エルトルス人についても同じことがいわれているでしょ。エルトルス人はアルマダ部隊を受け入れて、テラへ随行するための艦隊を編成したんだけど、ムナスキト人との遭遇でなにか起こりそうよ」

目が輝いている。きっと今晩の番組のために、午後からずっと準備していたのだろう。

「では、見たほうがいいな」実際は眠りたい気分だったが、ボンタン・ブリアンはそういった。「だが、その前になにか食べなくては」

「ええ、わかるわ」イリヤは上機嫌でいった。「あなた、先になにか食べておけばよかったのに。そうすれば、まっすぐ立っているのもそんなに大変じゃなかったはずよ」

彼女はそこそこの食事をならべた。ボンタンがそれほど夢中になる内容でもないが、ともかく、イリヤが過去に出した食事と変わらないくらいに食べられるものだ。ブリアン家の自動キッチンは明らかにテクノ衛星の影響は受けていなかった。

二十二時になるすこし前、家族はヴィデオ室に集まった。父であるボンタンはハウス・コンピュータにクローン・メイセンハートのチャンネルを選ぶように指示した。スクリーンが光る。メイセンハートの派手なシンボルがあらわれ、華々しいファンファーレで、まもなく韋駄天レポーターがあらわれることが告げられた。

＊

テラニアは人が孤独のせいで破滅してしまう町だと、フレド・ゴファーは気づいた。

サンディマッシュを思い、物憂げな微笑を浮かべる。大都市の人々があのちいさい居住地を見たら、どんなに笑い物にするだろう。なにも起きず、イヌとキツネがおやすみの挨拶をするような、世界の果てにあるところだ。いま家にいられたら、どんなに快適だろう。

この憂鬱な気分の大部分は、エギンを夕食に誘ったときに断られてしまったのが原因だった。彼女はやさしく思いやりをこめて拒否した。まだいくつか急ぎの仕事をかたづけなければならないといって。しかし、恋に落ちた若者特有の不信感から、フレドはこのやさしい断り方の裏に関心や愛情が欠けていることを察知した。テラニアに昔からある区域の通りで、かれはどこを見わたしてもただひとりの通行者だったが、だらだら歩きながら意気消沈していた……同じ時間に同僚のボンタン・ブリアンがやはり打ちひしがれていたのと、理由は違ったが。

まったく活気のない簡易レストランを見つけた。この数分で感じた最後の望みは、だれも知り合いのいないところで、たくさんの人にまぎれたいということだった。客が行き来しているところからひどくはなれた、角のシングル席を選ぶ。飲食物給仕装置が眼前で、不作法にも親しげに話しかけてきたときには驚いた。

「ねえ、きみ……今夜はなにがほしくて舌なめずりしてるの？」

「ビールだ」フレドはつぶやいた。

「ビールだね」飲食物給仕装置がうれしそうに告げた。「優先クーポンかなにか、出したいものはある？　忘れないんでほしいんだけど、われわれはボランティアってわけじゃないんだ。だからもし……」

　のこりの言葉は宙に浮いたままとなった。この装置は内気な人間みたいに、金に関することを口ごもるように調整されているのだ。フレドは衣服のポケットを探り、ようやくむらさき色に輝くＩＤカードをとりだした。それを装置の前面にある設定された場所に押しあてて、またポケットにしまった。

「ありがとう」と、いう声が聞こえる。「それで、なにがいい？」

「ギネスを」

「ポーター、それともスタウト？」

「ポーターだ」フレドがぶつぶついう。

　かれの手もとのぶあついテーブルプレートのなかで、がたがた音が響きはじめた。一部が開き、そこからグラスが出てきた。中央がふくらんだ古風なかたちで、しっかりした把手(とって)がついている。フレドは嫌悪感もあからさまに、グリーンがかった褐色の液体を見つめた。上にはグレイの泡が薄くひろがっている。

「これがポーターなのか？」と、訴えながら、グラスをつかんで鼻先に持っていった。「うええっ、下水のにおいがする」

「テラニアでも最高のギネス・ポーターを出しているんだけど」給仕装置はいった。その声には実際に軽く傷ついたような調子がこもっている。「もし気にいらなければ、プレートにグラスをもどしてくれよ。もちろん、お代はお返しするから」

フレド・ゴファーは指示されたようにした。立ちあがり、出入口に向かう。うしろから自動給仕装置の声が聞こえた。

「これほど早く帰っちゃうとは残念だな……」

いまいましいロボットだ。外の通りではこの時期にしてはめずらしく暖かい風が吹きつけてくる。かれはぎくりとした。数分前はこれほど暖かかっただろうか？　気温の急激な変化に注意していなかった。グリーンがかった褐色のポーターのことを考える。テクノ衛星が攻撃してきたのだ！　自動給仕装置を混乱させ、いつものビールのかわりに、古くなったドレッシングと腐った卵の混ぜ物をつくったにちがいない。

ある思いが頭をよぎった……テクノ衛星の全体のスペクトルのなかのピークと、リモコンが勝手に動かしたチャンネル交換とのあいだの関係に気づいたときと同じような直観だ。ひどいポーターを出されたとき、レストランには十五名ほどの客がいた。かれらは満足そうに食事を楽しみ、飲み物を飲んでいた。すると、口にできないものを出されたのは、自分だけだったのか？　どういうことだ？　自動給仕装置がＩＤカードを読んで間違ったふるまいをしたということは、ありえるのだろうか？

カードの内部がどんなしくみになっているか、まったくわからないということをあらためて感じた。どんな情報が入っているかすら知らない。ただ、個人の特定とキャッシュレスの支払いに使えるカードだと思っていた。一般市民が自身のIDカードで支払いをする銀行、仲介業者、その他さまざまな機関は、もちろんカードの内部構造を秘密にすることに重点をおいている。秘密は慎重に守られていて、これまでカードが偽造されたこともほとんどなく、あったとしてもすぐに発見された。フレドは、次の機会にはもっとカードの機能を学ぼうと思った。ちいさく地味なプラスティックカードの内部は、個人用ラボで使える機械ですぐに解明できるだろう。

恐ろしい考えが頭をよぎった。テクノ衛星がたがいに連絡し合っているのは確実だ。さらに、テラの通信網に好きなように入る手段もある。かれらがこのあいだにフレド・ゴファーという男を知ったとすると、どこか矛盾するだろうか？　自分はこの問題に集中的にとりくみ、責任ある者を捕まえようとしていて、計略を見破るために努力を惜しまない。もしかれらがそれを知っていれば、この危険な敵をすみやかにとりのぞこうと力を入れるのではないだろうか？　グリーンがかった褐色の飲み物に毒は入っていたのだろうか？　せめてサンプルをとっておけばよかったと後悔する。かれらのやり方は不器用だったか？　たしかにそうだ。しかし、数日前にはじめてテラにきたような地球外生物が、ほんもののアイルランドのギネス・ポーターを知りつくしていることがあるだろうか？

　フレドは具体的に検証することにした。タクシーグライダーを呼びだし、宇宙ハンザがかれのために予約したホテルの部屋に向かう。タクシーグライダーの支払いはＩＤカードですませたが、なにも起きなかった。機は、フレドの判断できるかぎりでは最短の道のりを進み、乗客に身体的障害をあたえるようなこともなかった。フレドの推測では、首尾一貫しない結果だ。テクノ衛星のセンサーはいたるところにあるわけではないということ……あるいは、タクシーグライダーには充分すぎる保安システムがあるため、機内での暗殺は見こみがないと知っていたのか。

　フレドは部屋でくつろいだ。軽いが高級な食事をとる。疲れきっていた。最近、あまりに旅が多く、時差で悩んでいたから。だが、眠る前に、もう一度スウィング冠をとりだし、頭に押しつけた。ヴォノ星系でひどく恥をかいたクローン・メイセンハートがどうなったか知りたかったのだ。

　メイセンハートの燃えるようなシンボルを見て、挑発するようなファンファーレを聞き、韋駄天レポーターがクライト星系から最近さらに無限アルマダの一部隊が到着したことについて報告するテキストを読むと、フレド・ゴファーはもはや寝ている場合ではないと悟った。

「地球の家、あるいははるか銀河系のどこかにいるヴィデオ・フリークとニュース狂のみなさん。厄介な状況ですが、興味を引かれなくもありません」クローン・メイセンハートの鼻にかかった声は尊大な口調で、かれがヴォノ星系での事件からなにか教訓を得たかもしれないというあらゆる期待は打ち砕かれた。「この部隊には千八百のアルマダ種族がそろっていて、先ほど《キッシュ》の艦載コンピュータが計算したところ、二千万弱の艦船がいます。部隊の指揮をとっているのはアルマダ第八〇〇一部隊のムナスキト人です。ムナスキト人については多くは知られていませんが、短気で好戦的だということです。なにか思いだしませんか、メディア・フリークのみなさん？」

すこし間をおいて、視聴者に考える時間をあたえる。ボンタン・ブリアンは、ヴィデオ・スクリーンからなにか飛びうつってくるような奇妙なぞくぞくする感覚をおぼえた。この出来ごとに引きこまれ、クローン・メイセンハートが接近してくるように感じる。目は映像からはなれることなくしっかり見つめているのに、からだが数百万光速でクライト星系に向かって動いているのだ。似たようなことがスウィンガーにも起きるにちがいない。かれらは、スウィング冠を使えば選んだチャンネルで報告される出来ごとに参加できると主張している。

＊

ボンタン・ブリアンは気をとりなおした。かれのちいさい家のヴィデオ室に現実がもどってくる。霧のなかを探るような感じだが、問題はなかった。とりつかれたようにヴィデオ・スクリーンに見入るイリヤと三人の子供の姿がわかっただけで充分だ。いや、自分はおかしくなってはいない。クローン・メイセンハートが暗示的な方法でレポートして引きつけているだけだ。さっきよりもおちついて、また中継を見た。

「そうです!」韋駄天レポーターは甲高い声で告げた。「あなたがたのなかにはまだ知性のひらめきがひそんでいるのを、わたしは知っていますよ。ムナスキト人と同じメンタリティを持つのは、クライト星系を故郷とするエルトルス人です。かれらはこれまで、おおらかにふるまってきました。その歓迎委員会は総勢で二百隻の宇宙艦を数え、アルマダ部隊に向かって飛んでいます。六千光年以上はなれたテラへ向かうアルマダ部隊に随行するのです。

ですが、想像してみてください、ヴィデオ・フリークのみなさん。激情的でかっと燃えあがりやすい二種族のあいだに、すこしでも誤解が生じたらどうなるか! ムナスキト人は、ここでエルトルス人の艦隊が出迎えることを知りません。かれらがエルトルス人の接近を敵対行為だと受けとめたら、どうなるでしょう? かれらはどう反応するでしょうか……自分たちが優勢だと意識しているのですよ? 一方、エルトルス人は、最初の攻撃が艦首に命中したら、どうするでしょうか?」

　またかれは数秒間、メディア視聴者が想像にふけるままにした。ボンタン・ブリアンの視線はスクリーンに吸いよせられた。無数の色鮮やかな光点でできたアルマダ部隊の光の靄を見つめる。その上には、一様に毒々しいグリーンのエルトルス艦のリフレックスが見える。

「近くから見てみましょう」またクローン・メイセンハートの声がした。災いを告げるような、独特の焦燥感がにじみでている。「両旗艦の最初の通信コンタクトがかわされました。どうなるでしょうか？」

　スクリーンの中央が拡大され、光の靄のもっとも大きい部分が消えた。はるかにはなれて、わずかな光点だけがのこっている。アルマダ艦の一隻がどぎつい赤色に光った。旗艦にちがいない。グリーンのリフレックスが接近していく。ボンタン・ブリアンはこの出来ごとのすぐそばで自分が参加しているような感覚になった。すぐに不幸な事件が起きると、たしかな本能で感じる。あと数秒で……

　銀線細工のように輝くおおいがエルトルス艦の球状の輪郭をつつんだ。ボンタン・ブリアンは跳びあがった。アルマディストが砲撃したのだ！　銀線細工は、命中ビームがエルトルス人のバリア・フィールドにのこしたエネルギー・シュプールだ。戦いがはじまった。無限アルマダの部隊とGAVÖK船との、銀河系宙域におけるはじめての実戦だ。

エルトルス人は長くためらわなかった。ボンタン・ブリアンはムナスキト人の旗艦のバリアが光るのを見た。エルトルス人の攻撃がよりうまく命中したのだ。ムナスキト人の艦が横揺れし、流される。ニュースの神のおかげか、地球の一般市民はこの信じがたい出来ごとを直接、時間差なく見守ることができた！　ボンタンは両腕をあげ、エルトルス人の攻撃が命中するたびに喝采し、反対にエルトルス艦が攻撃されると立腹してうなった。ビームがどんどんはげしさを増す。コンピュータがつくる光のシュプールがヴィデオ・スクリーンのはしにあらわれた。エルトルス人の宙雷だ。ボンタンは夢中になった。青白く燃えあがる火の玉が、宇宙の暗闇を背景に生まれる。そのひとつひとつが宇宙船の破滅をしめしていた。ボンタンは熱狂して暴れまわった。宇宙戦だ。ほんものの宇宙戦が進行している！

かれはとっくに、自分のヴィデオ室が現実のなかにあるかどうか、気を配るのを忘れていた。

＊

現実は遠く消え去り、フレド・ゴファーはクローン・メイセンハートの大言壮語のようなモノローグに耳をすましていた。

「ムナスキト人は、ここでエルトルス人の艦隊が出迎えることを知りません。かれらがエルトルス人の接近を敵対行為だと受けとめたら、どうなるでしょう？　かれらはどう反応するでしょうか……自分たちが優勢だと意識しているのですよ？　一方、エルトルス人は、最初の攻撃が艦首に命中したら、どうするでしょうか？」

　なんということだ、これほどわかりやすい挑発など見たことがない。フレドはそう考えた。メイセンハートはすこし間をあけると、こうつづけた。

「近くから見てみましょう。両旗艦の最初の通信コンタクトがかわされました。どうなるでしょうか？」

　声はかすれて興奮で震えている。戦いになることを望んでいるのだ。その思いがフレドの意識をよぎる。かれは戦いをもとめている……ただ自身の放送のためだけに。

　フレド・ゴファーはこの瞬間、ボンタン・ブリアンが見ているのと同じ映像を見た。エルトルス人の旗艦のグリーンの点がムナスキト人の先頭の艦に接近していく。数秒間、フレドは息をのんだ。すると、クローン・メイセンハートがまた話しはじめた。いくらか失望しているにしても、緊張が解けたように聞こえる。

「さいわい、最悪の事態は回避されたようです。エルトルス人とムナスキト人は通常の形式的な儀礼をとりかわしました。戦いはありません。理性が勝利したのです。われわれはゾンデを送りだしました。聞いてください、メディア・フリークのみなさん。われわれのトランスレーターが両司令官の会話から切りとった一部です」

一瞬、雑音がして、エルトルス人の脅すような声が聞こえた。

「……ライオネル・プラダムだ。銀河系諸種族の名において、また、GAVÖKとくにわが故郷惑星エルトルスの名において、わたしはクライト星系における無限アルマダの部隊を歓迎する。テラへ向かうアルマダ部隊に同行するのは、栄誉になるだろう。あなたがたはただ出発したいときを教えてくれればいい」

数秒が過ぎて、応答があった。トランスレーターの機械的な口からそれは聞こえた。

「ムナスキト人種族と無限アルマダの千八百の部隊は心温まる歓迎に感謝している。このような栄誉を受けられて、われわれは誇りに思う。われわれの航行計画では、あなたがたの標準時間で十二時間後にスタートし、ソル＝アルファ・ケンタウリ＝シリウス宙域に飛ぶ予定だ。同行してもらえるのは、きわめてありがたい……」

フレド・ゴファーはほっと息をついた。クローン・メイセンハートが自身の暗示的な言葉で引き起こそうとしていた不幸は起こらず、遭遇はおだやかに進んだ。アルマダ部隊の後方の一隻は、テラへの入口から六千光年もない距離にいる。突然、この瞬間の意味をフレド・ゴファーは悟った。一日半か二日以内に……三日もないのは確実だ……無限アルマダの強力な全軍勢がこの宙域に出現するだろう。十億の艦船が物質化するのだ。ここことアルファ・ケンタウリのあいだに、あそことシリウスのあいだに。無数のあらたな星々が突然、空にあらわれるさまを想像しようとする。肉眼ではほとんどとらえられないかすかな光だが、メディアがいる。クローン・メイセンハートのようなレポーターが。かれらは、人類が想像もつかない光景を見られるように気を配るだろう……コンピュータ処理された擬似的な色を使って。

エルトルス人とムナスキト人との遭遇は非常に友好的とはいえないまでも、平和につづいた。フレド・ゴファーがリモコンに、もう寝ると伝えようとしたまさにそのとき、思いがけないことが起きた。

閃光が音もなく宇宙空間をはしるのが見えたのだ。青白く燃える炎の球が膨脹して消え去った。最初、クローン・メイセンハートのぞっとするような予言がこの数秒で実現したのだろうかと思ったが、すぐに違うと気づいた。いま見ている光景は、直接観察しているわけではない。まず、その光景がかれの視界全体のものではないということに気づく。スクリーンの枠の向こう側にべつの、妙になじみのあるものが見えた。壁かけタペストリー、本棚、絵画……

しばらくかかって、ようやく事態が把握できた。放送はもはや直接ではなく、べつの受信者を中継して送られていたのだ。どんな方法でそんな作用が生じるのかはわからない。だが、いまのところ、もっともらしい説明にはまったく興味がなかった。かれの感覚の前にくりひろげられる光景は、きわめて信じがたく驚くべきもので、かれの意識はすっかり引きつけられていた。

クローン・メイセンハートの声が宇宙の果てからとどろく。

「われわれの最悪の不安が的中し、戦いが勃発しました。片方はさまざまな武器をそなえた宇宙船千八百万隻、もう片方はエルトルス人の小艦隊です。ただし、こちらには技術的・軍事的に高度な文明の全世界が背後についている。エルトルス人は総力をあげて攻撃します。かれらはまちがいなく優秀な戦士です。しかし、このような圧倒的な力にどれだけ持ちこたえられるでしょうか？　GAVÖKの援軍が到着するまでなんとか防御できれば、エルトルス人にはまだチャンスがあるといえるでしょう。それができればの話ですが。そうでなければ……」

突然、フレド・ゴファーはこの放送がにせものだと感じた。クローン・メイセンハートの姿を見て、話を聞いているが、それは以前に受信していたレポートと同じではない。報告は論理的なもので、ムナスキト人とエルトルス人の旗艦がたがいに接近したとき、クローン・メイセンハートがハイパー通信で得々と話していた恐ろしい予言のつづきだった。しかし、その残虐な夢は実現することなく、両種族の遭遇は平和的に進んだ。フレド・ゴファーはその目撃者で、報告のもともとのバージョンが、いま聞いている大げさな戦いを告げる声よりも真実だと感じた。

テラ通信網のどこかがひどく狂っている。フレドは、テクノ衛星が関係していると、まったく疑念の余地なく考えた。いま体験している作用がどのように生じているか、まだ突きとめられてはいなかったが。目的はなんだろう。しかし、それを考えはじめようとしたとたん、注意をそらされた。

　視界がひろがったのだ。いまは横道にそれて、ヴィデオ・スクリーンでコマーシャル放送を見ている。スクリーンは正方形で、色がはみだして映像が震えていることから、質の低いものだとわかる。ヴィデオ・スクリーンはある部屋のなかを漂っていた。そこの調度を見れば見るほど、フレド・ゴファーは奇妙な気分になっていった。この壁かけタペストリーや本棚や絵画を前に見たことがあるとすれば、すでに何度もこの部屋にきたことがあるにちがいない。そういう印象を受けたのだ。

　椅子が視界に入り、身動きもしないでクローン・メイセンハートの脅すような大げさな声に耳をすませる者たちの姿が見えた。かれらの目は核爆発の閃光につつまれた映像に注がれている。フレド・ゴファーはそれを見て、突然、自身に対する陰謀が進んでいるという感覚をおぼえた。この部屋になじみがあると思ったのも当然だ。五つの椅子のうち、もっとも大きく快適なものにくつろいですわっている太った男は、親友であり強情な同僚でもあるボンタン・ブリアンではないか。その隣りにかれの妻イリヤがいて、部屋のほかの部分には子供たちがそろっている。十二歳のレナ、十五歳のイサク、十八歳間近のヴィドシュだ。フレドの困惑は頂点に達した。なにが自身のなかで起きているのか、まったくわからなくなる。流れこむ印象をなんとか処理できていたが、とうとう理性が説明をもとめて叫びはじめた。

フレド・ゴファーをはじめて見る者は、かれの有能さのひとつが系統だった思考能力だとは、なかなか思えないだろう。印象はあざむくものだ。知性が混乱した状態など、フレドには一瞬しか耐えられない。じきに、明晰さをとりもどす方法を見つけた。ふつうの観察者には規律に欠けると思われるような外見にもかかわらず、フレド・ゴファーはメンタル面ではきびしい規律を持っている。友のボンタン・ブリアンが家族とともに彫像のようにスクリーンの前ですわり、クローン・メイセンハートがトランス状態のように世界の没落のレポートをつづけているのを見ながら、かれは計画を練った。それは単純で、かんたんに理解できるものだ。関係がはっきり理解できない状況を解明するのに、複雑な計画を練られる者などいない。

「こんなばか騒ぎは終わりにしろ」フレドはリモコンに向かって話しかけた。

すぐに映像は消えた。スウィング冠がフレドの頭から落ちる。立ちあがり、通信端末に呼びかけて作動させた。

「ボンタン・ブリアンと話したい。かれの呼び出しコードは知らないが、コミュニケーション理論家で、首都北東の郊外に住んでいる」

「探します」端末は答えた。数秒後、端末があらためて音をたてた。「ボンタン・ブリアンとその呼び出しコードが見つかりました。ですが、だれも応答しません」

フレッド・ゴファーは腹がたったが、うなずいた。予想の範囲内だ。説明のつかない方法で目に入ってきた映像が現実をあらわしているなら、ブリアンの家では通信の呼び出し音にだれも気づかないだろう。

「エギン・ラングフォードにつないでくれ」かれは端末に指示した。さらにいくつか情報をつけくわえるが、くわしいものではなかった。エギンがどのラボで夜をすごそうと思っているのか、知らないからだ……そもそも、ラボだったらのことだが。

「やってみます」端末が応じた。「ですが、仕事場だとしても問題があります。もし彼女が連絡を受けたくない場合は、つなげられません」

「ためしてみてくれ」フレッドはせかした。

一分以上が経過して、部屋の中央でスクリーンが光った。エギンの顔が見える。緊張しているようだ。

「連絡がつながってよかった」フレッドはいうと、まじめな口調になった。「テクノ衛星のあらたな問題を追っているんだが、興味はあるか？」

「PMのことね？」彼女はいった。

「PMとは？」

「プシ操作よ。そういう現象をしめす報告がどんどん入っているの。でも、具体的なところはまったくわからないわ。どれもPMのしくみを近くからは確認できていない」

かれの顔に怒ったような笑みが浮かんだ。

「ひょっとすると手を貸せるかもしれない。わたしはすぐ近くでそういうケースを確認した」かれはボンタン・ブリアンが住んでいる郊外の住所を告げた。「パイプ軌道駅の出入口で会おう」

＊

夜中の一時、フレド・ゴファーはテラニアの地下を疾走するパイプ軌道列車のただひとりの乗客だった。あたりを見まわす。空虚さが異様に感じられた。首都は二十四時間、ずっと活動がつづく。真夜中過ぎはいつも動きがすくなくなるが、完全にとまることはない。パイプ軌道列車の無人車両などありえないのだ。

移動手段をこれに決めたとき、まずい選択をしたことにかれは気づいた。テクノ衛星がまた攻撃してきて自動制御システムを破壊したら、どうなる？　そうなったら、エギンとのランデブーもあきらめることになるだろう。

だが、運に恵まれた。列車は妨害されることなく目的地に着いた。反重力シャフトで上昇する。ちいさい乗客ターミナルは閑散としていたが、外の駐機場を見ると、グライダーが一機だけとまっていた。

「あなたって大胆ね」エギンが挨拶してきた。「テクノ衛星がきのうの午後からの実験をくりかえすかもしれないと思わなかった?」

「途中で考えたよ。そのときは遅すぎたけどね」フレドはぎこちない笑みを浮かべた。「信じてくれ、わたしほど絶望を感じている者はいないだろう。なにもかも運がよかったんだ」

エギンはすぐに無愛想で事務的になった。まだ緊張が顔から消えない。

「どっちに行くの?」彼女はたずねた。

フレドが住所を伝えると、エギンはオートパイロットをセットした。指示が伝えられ、自動的にボンタン・ブリアンの家に向かうコースに入る。

「あなたの観察したことを聞かせて」エギンがうながした。色鮮やかなコンタクト・プレートが光るコンソールに手をすべらせる。音楽が響き、小型グライダー内部を満たした。

フレドは報告した。かれがスウィンガーであることは、エギンが突然サンディマッシュを訪れた夜に知られていたため、もはやかくしだてすることはない。受信が急に切り替わり、スウィング冠とリモコンによってヴィデオ室が見えたこと、そこにクローン・メイセンハートのニュース放送を見ている家族がうつったことを話した。

音楽がやんだ。ロボットのアナウンサーが、テラのマルチ通信網で発生した最近の混乱について伝える。フレドは、エギンがやけに黙りこんでいるのに気づいて、わきからじっと眺めた。かすめていく街灯と色鮮やかなコンタクト・プレートのやわらかい光のなか、大理石から削りだしたような硬直した横顔を見つめる。

「エギン！」鋭く呼びかけた。

彼女のまぶたが痙攣（けいれん）した。

「いまはじゃましないで」と、つぶやく。「重要な協議の最中なの」

かれは本能的に行動した。危険が迫っている。前かがみになり、光るコンソールに手をすべらせ、すべてのライトを消した。アナウンサーの声がやんだ。フレドはエギンの肩をつかみ、ゆさぶる。彼女の状況には充分に早く気づいた。トランス状態がそれほど進んでいないといいのだが。

エギンの表情がゆるんだ。首をかたむけ、大きな目でじっとかれを見つめる。

「いったい……どうしたの？」困惑したようにたずねる。

「ピー・エムだよ」

「つまり？」

「きみはまだPMについて説明してくれていないから」フレドは答えた。「それについてわたしがわかることはごくわずかだが、判断できることはある。アナウンサーの声がきみをプシ操作したんだ。きみはまさに深いトランス状態に入ろうとしていた」

エギンは驚いて小型コンソールのコンタクト・プレートを見つめた。それから、からだをわきにかたむけ、フレド・ゴファーの腕を両手でにぎった。

「恐いわ、フレド」と、ささやく。「急ぎましょう。考えているよりも、遅かったようだわ」

＊

ボンタン・ブリアンの住宅地域では、玄関のドアはほとんど施錠されない。そのため、フレドとエギンはなんなく家に入ることができた。神経を消耗させるような韋駄天レポーターの大声で、ヴィデオ室の方向がわかる。

その光景は意気消沈させるものだった。部屋にいる五名の視線はヴィデオ・スクリーンにじっと注がれている。照明は薄暗い。画面でははげしい閃光のなか、無限アルマダの部隊とエルトルス艦隊が消えていき、その閃光が壁かけタペストリーを照らしている。ボンタン・ブリアンは椅子に深くもたれるようにすわり、口をいくらか開けていた。明らかに現実から遠くはなれているようだ。イリヤと三人の子供たちも似たような状況だった。だれも侵入者に気づいていない。

クローン・メイセンハートの声が部屋に響く。

「……エルトルス人は巧みな作戦で数時間は耐えられるでしょう。われわれの予測では、あと四、五時間。それだけあれば、GAVÖKの援軍が戦闘ゾーンにタイミングよく到着するのには充分です。エルトルス人はまだ負けていません……」

「おい、ハウス・コンピュータ！」フレド・ゴファーは怒って呼んだ。

「ご用をどうぞ」メイセンハートのレポートの騒ぎのなか、かすかに声がした。

「ヴィデオを切るんだ！」

「了解しました」

ところが、クローン・メイセンハートはだらだら話しつづけ、エルトルス艦隊の今後を陰鬱に描写した。閃光がスクリーンからあふれる。惑星エルトルスのブルーとグリーンの図形がスクリーンの中央で大きくなった。

「これが、これからの数時間で運命が決まる世界です……」

フレドは目で探しつづけ、ホロ・プロジェクターを見つけた。気づかわしげにエギンを見つめる。彼女はまだ出入口に立っていた。これまでメイセンハートの中継の大げさな言葉だけを聞いていて、映像は見ていない。彼女の顔は蠟細工のようになっていて、目もうつろだ。

フレドは手動でスイッチを切った。世界の破滅を引き起こそうと全力をつくすかのようにとどろく声が、やんだ。ホログラムも消える。天井下の照明がいくらか明るくなった。エギンは凍えているかのように両肘を抱いている。目は明晰で、問いかけるようにフレドを見つめた。

「また起こったのね？」

フレドはうなずいただけで、ボンタン・ブリアンに近よった。ボンタンは依然として動かないまま椅子にすわり、数秒前までヴィデオ・スクリーンがあったところを見つめている。フレドはその肩に手を置いて軽くゆさぶった。

「ボンタン、しっかりしろ」せかすようにいう。

「ほうっといてくれ」ボンタンがうなった。「講演を聞かないのか？　こういうセミナーは年に一度しかないんだぞ。これほど明解な説明はめったに聞いたことがない。きみもいま口を閉じれば……」

フレドとエギンはたがいに顔を見合わせ、かぶりを振った。ボンタンはべつの世界にいる。ホログラムを中断しても、なにも変わらない。イリヤも同じだ。こわばった表情をまったく変えることなく、自分は服を選ぶのに忙しいのでじゃまされたくないといった。フレドが子供のヴィドシュのほうを向いたとき、背後から声が聞こえた。

「ほら、見て」エギンが小声でいう。

ボンタン・ブリアンが椅子から立ちあがった。夢遊病者のようにぎこちない足どりで部屋の出入口に向かう。ドアがうなり音をたててスライドするのが聞こえた。低くちょろちょろと音が聞こえ、つづいてトイレの洗浄音がした。ボンタンはまっすぐもどってこないで、まわり道をしてキッチンに行ったようだ。ヴィデオ室にもどってきたときには、両頬をいっぱいにして口を動かしていた。目つきは変わっておらず、ぼんやりしている。フレドはかれの前に立ちはだかった。

「ボンタン……」と、話しかける。

「いまはやめてくれ」コミュニケーション理論家は腹をたてていた。「聞こえないのか？　講演はまだ終わっていないんだぞ！」

そういうと、椅子に深くすわり、さっきまでホログラムがあったところをまた見つめた。表情にはなにも変化がない。ボンタン・ブリアンはただ用を足して何か食べてきただけで、幻影は一秒もとぎれていなかった。かれはセミナーホールにいて、才能豊かな語り手の講演を聞いている。

フレド・ゴファーを見やったエギンの目には無力感しかなかった。若い女はあきらめのしぐさをする。フレドは成功する見こみもないまま、三人の子供たちにとりかかった。レナとイサクは、自分たちは学校の試験があって、その勉強をしていると主張した。ヴィドシュはもっとぞんざいな態度だ。観客スタンドの高いところにすわり、わくわくしながら速球ゲームを見ている。ペキン・ミジェッツがみごとにゴールラインをこえたらしい。ヴィドシュにはいま、ほかの者と話す時間はなかった。

これらの返事はすべて、こわばった表情と一本調子な声で告げられた。かれらは自分たちがいったことを信じこんでいる。しかし、実際はヴィデオ室の中央の、すぐにもまたホログラムがあらわれるかもしれない場所を、彫像のように凝視しているのだった。

フレドは振りかえった。

「ここでぐずぐずしていてもしかたない」打ちひしがれてエギンにいう。「ここはきみにまかせよう。医療ロボットを何体か呼んでほしい。ボンタンと家族の面倒をみさせないと」

エギンは隣室で通信端末を見つけた。フレドは彼女がプロセッサーと話すのを聞いた。すぐに彼女はもどってきた。うろたえているようだ。フレドはせかさなかった。自分で話しはじめるまで待つことにした。ようやく彼女はぞっとするように痩軀を震わせると、こういった。

「医療ロボットは五時間待ちよ。すべて使われている」彼女は床を見つめ、しばらくためらったあと、うつろな声でつづけた。「ここでなにが起きているのかわからない。でも、恐ろしいことが起きているのはたしかよ。これからもわたしを助けてもらえるとうれしいわ」

5

ニューヨークに冬の弱々しい昼の日差しが注ぎ、ハワイが熱帯らしい朝を迎え、テラニアで夜の時間が過ぎていくとき、カタストロフィがその姿をあらわした。町の通りは無人になった。仕事や楽しい時間を終えて帰宅した人々は、もう姿をあらわさない。仕事場でテラの通信の影響にさらされた者たちは、強いトランス状態におちいり、動くのをやめた……からだの要求にしたがって動く以外は。町は石とプラスティックの砂漠に変わりはてた。通信誘導される通りの光標識はさびしく光り、乗り物もほとんど見えない。大宇宙港はしだいに業務を停止し、到着する艦船はマース・ポートに迂回させられた。

カタストロフィがひろがる速度は猛烈だった。人類はこの数日ないし数週間、興奮してメディアに夢中になった罰を受けている。無限アルマダの到着が迫ったという最初のニュースがひろがったとき、統計では地球住民のメディア視聴率は突然、八倍に大きくはねあがった。本当にアルマダの全部隊がソル＝アルファ・ケンタウリ＝シリウス宙域にあらわれるかどうかが、しばらく不確実だったため、騒ぎがあおられたのだ。平均的な市民はそのあいだ、二十四時間のうち十時間は通信端末の前にすわり、クローン・メイセンハートのようなレポーターがひろめるニュースにかじりついた。

この通信チャンネルを通じて〝ヒュプノ・トランス〟はひろまった。テクノ衛星がニュース放送を乗っとり、真実と見分けるのがむずかしいシミュレーション映像とヒュプノ暗示インパルスをまぜた内容にすりかえたのだ。すくなくともフレド・ゴファーは、そのように状況を想像した。現状調査が終わったらすぐに、詳細について頭を悩ませることになるだろう。

責任ある立場の者が市民に警告し、通信端末を切るべきだと説明しさえすれば、トランスのさらなる拡大を阻止できただろうというのは、皮肉な状況だった。せめてヒュプノ・トランスにおちいっていない者を救うために警告を広く知らせるには、まさにマルチ通信網を使うしかなかったからだ。マス・コミュニケーションのほかの方法はもはやなかった。危険のスケールが明らかになると、一部の町では急いでスピーカーをそなえたグライダーの編隊をつくって通りを巡回し、最大限の音量で住民に通知した。いかなる状況でも、メディアを見ようという欲求をおさえ、通信端末のスイッチに触れないようにと。

だが、焼け石に水だった。一万名かひょっとすると十万名がこの方法で救われても、数十億もの人口にくらべれば、それがなんになるだろうか？　フレド・ゴファーの緊急の関心事はエギン・ラングフォードをヒュプノ・トランスから守ることだった。自身についてはほとんど心配していない。エギンがトランス状態におちいる寸前に二度救ったさい、まったく作用を感じなかったのだ。自分はこの狡猾な作用に対して免疫があるらしい。理由はわからないし、確信もなかったが、おそらくスウィング冠が関係しているのだろう。ずっとつけているわけではないが、たびたび使用することで神経物質にちいさな構造変化が生じるのは知っている。そのため、免疫ができたのかもしれない。

テラニアはまだ暗い。エギンのグライダーがテラニアの高速路をハンザ司令部に向かって飛んだのは、夜明けまで三時間というときだった。今回はフレド・ゴファーがオートパイロットに指示した。エギンは反対しなかった。通信コンソールは動かなくなり、グライダーは周囲の状況から切りはなされている。フレドは、司令部の状況がどうなっているか、知りたくてたまらなかった。そこでもすべてヒュプノ・トランスにおちいっただろうか、あるいは免疫保持者がいるだろうか？　しかし、ラダカムのスイッチを入れることはしなかった。コードで暗号化されたラダカム・チャンネルにもテクノ衛星が侵入できるかもしれないと恐れたのだ。あらゆるコミュニケーションからエギンを守らなくてはならない。

それほど希望はいだいていなかった。ハンザ司令部の管理部門には何千ものオフィスがひしめいていて、その業務は定期的なマルチ通信網の使用にたよっている。かれらは宇宙ハンザの下部組織やコズミック・バザールとコミュニケーションをとる。典型的なハンザ職員なら十五分に一度といわず、ラダカム、ラジオカム、ハイパーカムを使う。司令部には、身動きもせずにシートにうずくまる者や、架空のニュース放送に時間を費やす者しかいないのではないかと、フレドは心のなかで覚悟していた。

そのとおりだった。ハンザ司令部の中央入口前の広場は閑散としていた。ただ数機の乗り物だけがひろい正面玄関の近くにとまっている。星の光が反射するなか、広場の中央にヴィールス柱が立っていた。この数日ないし数週間、ここにも何万という人々がひっきりなしに押しよせ、だれもができるだけ早くヴィールス・インペリウムに質問できるコミュニケーション・アルコーヴに入ろうとしていた。しかし、いまは生物がまったく見あたらない。夜空にぼんやりとかかる巨大な橋のアーチのようなヴィールス・インペリウムの英知に興味をしめすものは、だれもいなかった。

テラは眠りについていた。オートパイロットが正面玄関の近くでしずかにグライダーを着陸させるあいだ、だれもいない広場をただ一体のテクノ衛星がすべるようにすばやく動いているのに、フレド・ゴファーは気づいた。グライダーの重さを着陸床の素材が察知すると、広場の照明がつく。二本の高い柱にランプが点灯すると、テクノ衛星は一瞬、まごついたようによろめいた。だが、すぐに飛行状態を安定させ、柱のランプのひとつに向かってまっすぐ上昇していく。

まるで、蛾だ。その考えがフレド・ゴファーの意識をよぎった。

このとき、かれは新語を思いついた。何年もたったとき、テクノ衛星は惑星テラの年代史にこう記述されるだろう……〝夢の蛾〟と。

＊

ガルブレイス・デイトンの危機対策本部は縮小していた。ボンタン・ブリアン以外にも、民間産業の領域からきたメンバーふたりが欠けたからだ。反対に、ハンザ・スポークスマンたちはこれまでカタストロフィを持ちこたえている。ただし、たいてい司令部にいて、直接的なコミュニケーション方法だけを使用していた。かれらはほかの者たちよりも早く、ニュースなどの放送を視聴することが危険だと知り、それ以来、通信端末からはなれていたのだ。

NGZ四二九年一月五日十六時、危機対策本部の会議を開いたとき、ガルブレイス・デイトンはテーブルを指の関節で三度強くたたいて説明した。

「友よ、破滅的な状況だ。信じられない者は、荒廃した町を見るといい。しかし、ここの光景だけでも充分かもしれない。幹部メンバー九名のうち三名がこの会議に参加していない。かれらは家ですわっているか、仕事場で実際にはない放送をじっと聞いている」かれは腕を伸ばし、エギン・ラングフォードとフレド・ゴファーを順にさししめした。「このふたりは幹部メンバーではない。しかし、カオスの規模を解明して危機から身を守れるような方法を見いだそうと、根気強く活動している。ふたりに報告してもらうため、この会議に招いたのだ」

フレド・ゴファーが報告を引き受けた。ときどき詳細を思いだせなくなると、エギンのほうを向き、記憶の隙間を埋めてもらう。まず、エギンとともにこの三十時間とりくんだ計測と実験システムについて手短に説明し、それから結果を話した。

「このカタストロフィは〝夢の蛾〟すなわちテクノ衛星がつくりだしたものであることは明白です。かれらは数日で地球のマルチ通信網の制御法を習得しました。いつでもどこでも好きなときに侵入し、かんたんにコミュニケーション・チャンネルを独自の放送で満たしてしまうのです。明らかに、全人類をヒュプノ・トランスにおとしいれようとしています。この戦略にどんな目的があるのかはまだわかりませんが、人口の大部分がヒュプノ・トランス状態になったら、クロノフォシルとしてのテラは機能しないのではないかと、わたしは危惧しています。

夢の蛾の特徴的なやり方は、ニュース放送をよそおうこと。とくにクローン・メイセンハートのレポートをよく学んでいて、かれがメディア視聴者の強い支持を得ているのを知っています。メイセンハートが……ご存じのように……すくなくとも一分にひとつは使う災厄をもたらすような言葉を、夢の蛾は恐ろしい巧みさで外挿し、それに独自のプシ・インパルスを埋めこんだ放送をチャンネルにインプットするのです。視聴者は眼前のスクリーンでくりひろげられる過激な事件のとりこになり、受信機から流れこむプシオン・エネルギーに無防備にさらされる。それが平均で八分つづいたあと、ヒュプノ・トランスに入ります。この八分以内に通信端末を切断すれば、大きな被害は受けずにすみますが、この時間が過ぎると、絶望的なトランス状態に捕らえられてしまいます。

ですが、メディアを嫌う者でも夢の蛾の犠牲になります。テクノ衛星は従来のラジオカム、ラダカム、ハイパーカムの通信チャンネルにも、同じようにたやすく入りこむからです。ある人がラダカムで友と話したとしましょう。夢の蛾はその中継に入って友の声と外見をよそおい、プシオン・エネルギーをチャンネルに流すのです。こちらも平均八分で、ヒュプノ・トランスに入ります。

ヒュプノ暗示がかかったトランス状態では、行動がきわめて緩慢になります。トランスに見舞われた場所にいつづけ、そこから動きません……立ったままでトランスに襲われた場合も、せいぜい快適な椅子や寝床を探すくらいでしょう。ブリアン一家の例がしめすように、自分たちはいつもどおり生活していると確信しています。仕事場、買い物、学校などにいると思っているのです。原始的な身体機能はヒュプノの影響を受けないので、食べて排泄(はいせつ)します。そのため、からだの健康についてはまず心配ありません。最近発動された緊急対策計画により、家や飲食店、仕事場の保存食糧が自動的に供給されるようになりましたから。しかし、この状況が長くつづけば、被害者の理性も損傷を受けるでしょう。夢の蛾の操作が引き起こす後ヒュプノ作用は強烈です。この後ヒュプノ作用をとりのぞくことに早々に成功しないと、ヒュプノ・トランスに襲われた者の意識にはあとまで障害がのこると、わたしは確信しています」

　ここで間をとると、かれはひと口水を飲んだ。その機会を利用して、ガルブレイス・デイトンがたずねた。

「これまでヒュプノ・トランスの犠牲になった人類の数は？」

「最初のメディア攻撃で、地球の人口の約ほぼ三分の二に達したと見積もっています」フレド・ゴファーは答えた。「ほかのコミュニケーション・チャンネルを通じたヒュプノ暗示流がさらに十パーセント。このプロセスは進行しています。地球の全住民が夢の国に入るまで、夢の蛾は休むことはないでしょう。これが人類だけの話だというのは間違いで、異星人種族もこの影響の犠牲になっています。さらにひどいことに、テクノ衛星の攻撃は、太陽系のほかの惑星や衛星でも進んでいます」

「免疫保持者はいるの？」ツオンバ・エクソルがたずねた。

　フレドの顔にかすかな笑みがひろがった。

「ええ、います。数から考えれば、たいした意味はありませんが。まず、通信によるコミュニケーションをしない者。細胞活性装置保持者、ミュータントも免疫保持者でしょう。さらに、スウィンガーも免疫保持者です。スウィング冠をたびたび使用することで、意識にほんのすこし変化が生じて、その作用でヒュプノ暗示放射の害を受けないのです」

「カタストロフィのはじまりの情報は《バジス》にも伝わっている」と、ガルブレイス・デイトン。「しかし、すでにわれわれはすべての通信を停止した。ペリー・ローダンに新しい情報がとどくことが重要だが、どのようにすればいいだろうか？」

「むずかしい問題ではないと思いますよ」フレド・ゴファーはにやりとした。「明確な免疫保持者のひとりが《バジス》との連絡を請け負うといい。会話はネーサンを通してするべきでしょう。ヴィールス・インペリウムも免疫があるでしょうが、ストロンカー・キーンがいったように、最近は信用できません」

デイトンはうなずいた。

「いい提案だ。必要な手配をすぐに実施しよう」かれの考えこむような目つきが、フレド・ゴファーにとまった。「いつのまにか、われわれの希望のすべてはきみたちふたりと切りはなせなくなっている。フレド、きみは免疫保持者だ。エギンは通信端末に触れないかぎり、ヒュプノ・トランスの被害を受けない。きみたちふたりは最善をつくしてくれた。だが、あとどれだけ耐えられるだろうか？　すでに四十時間以上働きづめだ。

事態はさしせまっているが、ふたりともゆっくり休息してもらいたい。われわれにはきみたちが必要だ。きみたちの手伝いができる専門家をどこから探してきたらいいものか、皆目わからないが、精いっぱい努力する。それまではわたしの忠告にしたがって、休んでくれ。テラにはきみたちが必要だから！」

このとき、若々しい笑みがまたフレッド・ゴファーの顔にあらわれた。

「われわれのことは心配無用です」フレッドはいった。「破滅はまだすぐそこにあるわけではないし、疲労を消してくれる精神賦活剤もある。われわれを援助できる免疫保持者を探してください。それが見つかったら、休息します」

＊

宇宙のはるか深奥で《理性の優位》が緩慢にコースを進んでいた。サーレンゴルト人カッツェンカットは、太陽系の諸惑星におけるアニン・アンの行為をゼロ夢で監視している。結果にかれは満足していた。クロノフォシル・テラに対する攻撃の最終段階が目的を達したのだ。テラナーはヒュプノ・トランスに襲われた。これから刻一刻と、一量子ずつ、クロノフォシルのメンタル・ポテンシャルが減っていくだろう。かつての宇宙航行時代からペリー・ローダンとその仲間が地球にのこしたメンタル成分は、ヒュプノ・トランスにおちいった者たちの空虚な意識のなかで、しだいに枯渇していく。テラ標準時間であと二十日たてばクロノフォシル・テラは消滅すると、ゼロ夢見者は見積もっていた。

アニン・アンの目を通してひろがる光景をかれは楽しんだ。人類はだらしなく、なにもせずに居心地のいいシートにすわったり、寝床にころがったりしている。かれらの生命は脅かされていない。文明の自動技術で日常生活に必要なものは提供される。餓死することも、たまった老廃物で中毒になることもない。肉体の基本機能は相いかわらず働いている。ヒュプノ・トランス状態でも問題なく世話されているのだ。そのようすを見て、カッツェンカットは脂にわく蛆虫を想像した。生命維持のために働く必要もなくなったテラナーは、日に日に太り、怠慢になっていく……自動技術のとほうもない性能のおかげで。

これまでもっとも手ごわい敵だと思っていた人類に、深い軽蔑の念を感じた。ひどい失敗に終わったかれの作戦にはすべて、テラナーが関係していたのではなかったか？　テラナーに関わればなにが起こるかわからないと考えるだけで、不安につつまれたこともあった。ネガスフィアの邪悪な霊にかけて……地球の人類をどれだけ過大評価していたことか！　かれらはアニン・アンによる心理操作にも対抗できると思っていた。時機を逸することなく危機を知り、高度に発達した技術を投入すると予想していた。

しかし、そのかわりにかれらは、技術エレメントの最初の攻撃になすすべもなく屈伏した。みずからのコミュニケーションへの欲求が命とりになったのだ。ゼロ夢見者はこれほど早く成功するとは思っていなかった。アニン・アンのネガティヴ手段をすべて戦いにつぎこむつもりだったのだが。これ以上の展開はないことで、ほとんど軽い失望感のようなものがひろがる。テラナーが苦しむのを見たかった。かれらがのたうちまわり、苦痛のあまり悲鳴をあげ、一プシオンごとに抵抗力が失われていくのを眺めたかった。恩寵（おんちょう）をもとめる嘆きを聞けば、幸福感に満たされたことだろう。

しかし、かれは現実主義者なので、ものごとを進めるためには私的な楽しみをあきらめなくてはならないとわかっていた。なんの不満があるというのか？　もっとも極端な夢のなかで考えていたよりもずっとかんたんに、成功が手に入ったのだ。ようやくエレメントの支配者の前に歩みでて、勝者の声でこう告げることができる。

「任務は望みどおりにかたづき、テラはクロノフォシルとしての存在を停止しました」

勝つのは確実だが、勝利を完全なものにするためにはもうひとつ必要だ。かれはテラナーを恐れていたが、それは自身の愚直さのせいだったとわかっている。外見にだまされていたのだ。地球の住民は恐れる必要のない者たちだった。しかし、テラナーのなかにただひとり、自身に匹敵する敵がいる。ペリー・ローダンだ。

ローダンは地球での事件について情報を得ている。ゼロ夢見者は、ネーサンという名のスーパーコンピュータが構成して流す月からの放送を、自身のゾンデでとらえていたため、それを把握していたのだ。ローダンと故郷惑星との連帯は、数世紀前から銀河系の伝説だ。絶望に襲われ、《バジス》に乗って最短コースでテラに向かうまで、どれだけ外で持ちこたえられるだろうか？

その瞬間をカッツェンカットは待っていた。ペリー・ローダンが地球にくる！ 技術エレメントをそそのかし、全力をつくしてテラナーの最重要人物をプシオン・ネットで捕らえようと、どれだけいいたいことか。ローダンは細胞活性装置保持者だ。地球の人口の五分の四をヒュプノ・トランスにおとしいれた従来のプシ操作の方法では、ローダンのような人間にはほとんど役だたないだろう。しかし、ゼロ夢見者にはまだいくつかの秘策があった。

ペリー・ローダンが地球に足を踏み入れれば、終わりだ。

この瞬間、カッツェンカットは半狂乱の状態だった。何度も敗北を喫したのだから。だが、今回はペリー・ローダンに救いはないと知っている。罠は設置された。逃がしはしない。

＊

フレド・ゴファーはため息をついて椅子にもたれてすわり、額をなでた。数時間前にコンソールのはしに置いた覚醒剤を、いくらか不安そうに指で触れる。楕円形のカプセルを口に押し入れ、緊張を解くと、数分で強壮作用がききはじめたのを感じた。からだを起こし、エギンを探してあたりを見まわす。彼女は自分の椅子で眠りこんでいた。かれは時間をかけて、彼女の古風な容貌を讃美した。高い頬骨、ふっくらした唇、しっかりしたまつげ。

それからまた自分の仕事に向かった。分析結果の整理が重要だ。かれのコンソールから、二千をこえるコンピュータ、ゾンデ、惑星表面に分散された探知機がつながっている。エギンが眠っているいまなら、すべてのニュース・チャンネルを動かし、ハンザ司令部の中央コンピュータにデータをかんたんに流せる。中央コンピュータはかれの目的のために予約することができた。かれ以外にはだれも通常の通信方法を使う勇気がないからだ。

データの一部を、人間の目でできるかぎり急いで加工し、ヴィデオ・スクリーンにうつしだす。地球の人口の八十五パーセントがヒュプノ・トランスに入ったことがわかった。犠牲者の数は急速に増えている。時間を関数としてその数をあらわすカーブを見ると、かぎりなく九十九・九パーセントに近づくと推定された。もしかすると、百万人はのこるかもしれない……夢の蛾のプシ・テロで傷つくことのない生来の免疫保持者か、あるいは通信をまったく使わない者たちだ。

フレド・ゴファーは臆病になりそうな気持ちと戦った。過去のエピソードを思いだす……どれも、テラの歴史についてのヒュプノ学習で知識を得たものだ。何度もテラの人類は、自分たちをはるかに凌駕（りょうが）すると思われる敵とわたりあってきたではないか？ 最後の瞬間に窮地を逃れ、自分たちの有利になるように状況を変えてきたではないか？ テラナーは、最悪に見える運命にも翻弄（ほんろう）されないような、選ばれた民ではないのか？

目の前のスクリーンにデータ信号の列が流れはじめ、かれはぎくりとした。音声受信機が音をたてる。数秒後、あらためて映像が安定した。ただし今回は数字や文字ではなく、夢の蛾の金属的に輝く輪郭があらわれた。長円形の眼窩がまっすぐ撮影装置に向けられている。開口部のレンズのようなカバーごしに見ると、色鮮やかな培養液のなかに浮かぶアニン・アンの脳の物質が拡大されているようだ。

「なぜわたしがこうしてコンタクトをとれるのか、きっときみは不思議に思わないだろう」ほとんど調整されていない平坦な声がいった。「われわれがきみたちのコミュニケーションのスペクトルをすみずみまで制御しているのは知っているだろうな」

夢の蛾の視線に、フレド・ゴファーは怒りをかきたてられた。

「そのように思いあがった話し方をするな」と、うなる。「なにが望みだ？」

「きみが免疫保持者なのは知っている」アニン・アンが答えた。「さらに、きみがわれわれのもっとも危険な敵であることも。われわれについてもっとも多くを知る者だ」

フレドはエギンを心配して見やり、彼女がまだしずかに眠っているのを見て安堵した。

「大変な栄誉だな」またスクリーンに顔を向け、皮肉をこめて答える。「ほかになにがいいたい？」

「免疫保持者のきみに近づくのはむずかしいが」夢の蛾がいった。「われわれはそれをやりとげ、きみを無害化する。きみを排除できれば、地球の運命は確実だ」

「わたしの死体を踏みこえていくんだな！」フレッド・ゴファーは怒った。

「まさにそうしよう」と、アニン・アン。フレッド・ゴファーははげしく息を吸って、たずねた。

「おまえには自分を特定できる名前などないのだろうな？」

「いや、あるとも」夢の蛾は答えた。調整のひどい機械的な声に、かすかにからかいの響きがまじった。「わたしは1＝1＝ナノル、テラ作戦の指揮官だ」

フレッドはにやりとした。

「かならず見つけてみせる、1＝1＝ナノル。そのときはひどい目にあうからな。おまえと仲間が地球にもたらした災いのすべてに対する報いを受けるのだ」

「決闘ということか？」と、1＝1＝ナノル。「了解した。そちらが負けるのは確実なのだから」

「それはいずれわかるだろう」フレッド・ゴファーはうなるようにいった。

次の瞬間、接続が切れて、ヴィデオ・スクリーンが非物質化した。フレッドはしばらくしずかにすわったまま、いま聞いた話について考えこんだ。それから立ちあがると、エギンを慎重に椅子から抱きかかえ、彼女のために快適なベッドを用意した隣室に運んでいった。

あとがきにかえて

若松宣子

今回お届けする『十戒の《マシン》船』の後半部では、現代社会で不可欠なさまざまな通信機器やマスメディアが、人々を攻撃するための道具として使用される。衛星の作用があらゆるコミュニケーション手段に侵入し、そこからさまざまな不具合が生じて人々の生活が混乱に陥っていくのだ。さらにそこには有害なインパルスが潜んでいて、それに八分以上ふれると幻覚を見はじめ、そこから逃れられなくなるという。この危機を迅速かつ広範囲に伝えるには、やはりマスメディアを使うのが便利なのだろうが、こうした手段にたよるとさらに危機が広範囲に拡大してしまうというジレンマを抱えることになる。しかし中には免疫をもつ者もいて、この災いに立ち向かおうとする……という展開だ。

春からコロナ禍に翻弄され、数か月間の自粛生活が続き、マスク姿も人との距離の取り方もすっかり当たり前の光景になりつつある。生活も昨年のスタイルとは異なった形になり、外出もできる限り控える日々だが、発達したネットワーク技術のおかげで、なんとか生活を続けられているように思う。この流行が二十年前だったら、在宅勤務も難しく、いまよりも多くのものが停滞してしまったのではないだろうか。しかし時々会っていた友人とも会えなくなり、行動範囲が目に見えて狭まっていく状態で情報機器にたよるしかないという生活は、便利さを享受しつつも心細さも感じた。とはいえ、そんな不安もはじめのうちだけで、次第に慣れてくると、外界の刺激がそれほどなくても生きていけるものなのだなあと感じてきていて、生活の断捨離をしている気がする。

世界中が感染に怯える状況下、カミュの『ペスト』（一九四七）があらためて脚光を浴びてベストセラーになり、同じようにポルトガルの作家ジョゼ・サラマーゴによる『白の闇』（一九九五）も注目された。『白の闇』とは対立項を並べているようで不思議なタイトルだが、目の前の世界がとつぜん暗闇でなく乳白色に覆われてしまい目が見えなくなるという、感染力のきわめて強い伝染病とそれに見舞われた現代社会を描いた架空の小説だ。病気に感染した者は政府によって、設備も整わない建物に隔離されていく。ここで不便な生活を強いられる人々の姿が、眼医者の妻で、唯一なぜか目が見える女性の視点から語られる。極限状態をどう生き延びるのか、会話の部分も括弧を用いず、改行もしないで言葉を重ねていくという独特の文体で、一気に読ませる。

施設に隔離されたのはいいものの、なにしろ原因も感染経路もわからない病気なので、目の見えなくなった人々の世話をする者がいない。軍が警護についていて食事だけはどうにか配給されるが、そのほかはトイレなども自力で探さなくてはならなくなる。感染者が次々送り込まれる中、組織がつくられはじめ、感染者の中で支配者、被支配者の関係が生まれていく。いつ自分も感染して目が見えなくなるかわからないという人々の抱える恐怖と混乱は、このコロナ禍の状況で架空の出来事とは思えないような説得力があった。

視力を奪われ理性を失っていく人々の描き方には過激な部分もあり、読み飛ばしたくなるページもあったが、その中で印象に残った場面のひとつが、ラジオを手に入れたときの人々が喜ぶ様子を描いたところだ。施設の衛生状態は急速に悪化し、人間らしい生活もままならない。そこにラジオをもった老人が入室してくる。ニュースを聞き、さらに音楽を聴くことができ、そこにいた人々の心が急に安らぐ。情報と芸術に対する渇望が表現されていて、衣食住だけではなく、それらがあって初めて人間らしく生きられるということがよく伝わってくるエピソードでリアルに感じられた。

今回の『十戒の《マシン》船』が出版されたのは一九八五年のことだ。その前年には、ミヒャエル・エンデの『はてしない物語』（一九七九）を原作とする、ウォルフガング・ペーターゼン監督による映画『ネバーエンディング・ストーリー』が公開されて世界的に大ヒットしている。最近はあまり地上波のテレビでは放映されなくなったが、主題歌はいまもさまざまな場所で使われている。時代は高度経済成長期だったが、エンデは人々にさまざまな物語を通じて、人間らしく生きることとは何かと警鐘を鳴らしつづけた。『はてしない物語』はかなりの長編だが簡単にまとめてしまうと、いじめられっ子のバスチアンが「虚無」に襲われるファンタージエンという想像上の生物たちが生きる国を白い竜とともに救う物語で、コンプレックスの克服や、想像力がいかに人間にとって大切なものかということなどがテーマになっている。『十戒の《マシン》船』の後半部の通信技術に依存した生活への警告と重なる。中にテレビのような情報機器に夢中になる父親とそれを冷たく見つめる賢い娘の姿が描かれているが、現在ならネット依存の親と子といった構図か。

　生活を便利にする技術がいろいろ発達し、膨大な情報があふれていても、人間はそれを使う側でありつづけ、それに捕らわれてしまってはならない、一歩立ち止まる必要があるということを考えるような気運が当時あったのだろう。情報を楽しみつつ、そこに依存することなく生活することが大切なのだろうが、人とのコミュニケーションをとる機会が少なくなると、自然と情報機器にたよってしまう。バランスをとるというのは、なかなか難しい。

タイムラインの殺人者

The Future of Another Timeline

アナリー・ニューイッツ
幹 遙子訳

一九九二年。コンサートの帰り道、女子高校生ベスは殺人の共犯者となる。二〇二二年、歴史の修正を試みる任務のため、時間旅行者テスは一八九三年のシカゴに向かい、タイムライン編集を試みる。二人の女性の人生が交差するなか、タイムライン編集戦争が激化するが……。新世代タイムトラベルＳＦ　解説／橋本輝幸

ハヤカワ文庫

量子魔術師

The Quantum Magician

デレク・クンスケン

金子　司訳

驚異の量子解析力をもつ詐欺師の〝魔術師〟ベリサリウスは、厳重に警備されている〝世界軸〟ワームホール・ネットワークに宇宙艦隊まるごとを通す仕事を依頼された！　彼は一癖も二癖もある仲間を集め、量子もつれを用いて、世界軸を支配する巨大国家を煙に巻く世紀のコンゲームに挑むが……。傑作宇宙アクションＳＦ

ハヤカワ文庫

SFマガジン700【国内篇】

大森 望・編

〈SFマガジン〉の創刊700号を記念したアンソロジー【国内篇】。平井和正、筒井康隆、鈴木いづみの傑作短篇、貴志祐介、神林長平、野尻抱介、秋山瑞人、桜坂洋、円城塔の書籍未収録短篇の小説計9篇のほか、手塚治虫、松本零士、吾妻ひでおのコミック3篇、伊藤典夫のエッセイ1篇を収録。

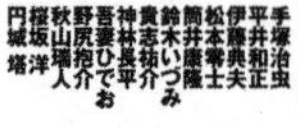

ハヤカワ文庫

SFマガジン700【海外篇】

山岸 真・編

〈SFマガジン〉の創刊700号を記念する集大成的アンソロジー【海外篇】。黎明期の誌面を飾ったクラークら巨匠。ティプトリー、ル・グィン、マーティンら各年代を代表する作家たち。そして、現在SFの最先端であるイーガン、チャンまで作家12人の短篇を収録。オール短篇集初収録作品で贈る傑作選。

ハヤカワ文庫

訳者略歴　中央大学大学院独文学専攻博士課程修了，中央大学講師，翻訳家　訳書『シャツェンの博物館』マール，『オクトパスの呪縛』エルマー＆マール（以上早川書房刊）他多数

HM=Hayakawa Mystery
SF=Science Fiction
JA=Japanese Author
NV=Novel
NF=Nonfiction
FT=Fantasy

宇宙英雄ローダン・シリーズ〈622〉

十戒(じっかい)の《マシン》船(せん)

〈SF2291〉

二〇二〇年八月　十　日　印刷
二〇二〇年八月十五日　発行

（定価はカバーに表示してあります）

著者　ペーター・グリーゼ　クルト・マール
訳者　若松宣子(わかまつのりこ)
発行者　早川浩
発行所　株式会社早川書房
郵便番号　一〇一 - 〇〇四六
東京都千代田区神田多町二ノ二
電話　〇三 - 三二五二 - 三一一一
振替　〇〇一六〇 - 三 - 四七七九九
https://www.hayakawa-online.co.jp

乱丁・落丁本は小社制作部宛お送り下さい。
送料小社負担にてお取りかえいたします。

印刷・信毎書籍印刷株式会社　製本・株式会社川島製本所
Printed and bound in Japan
ISBN978-4-15-012291-1 C0197

本書のコピー、スキャン、デジタル化等の無断複製は著作権法上の例外を除き禁じられています。